O livro do meu pai

Djaimilia Pereira de Almeida

O livro do meu pai

todavia

Como água me derramei, e todos os meus ossos se desconjuntaram; o meu coração é como cera, derreteu-se no meio das minhas entranhas.

Salmos 22,14

E eu vos digo a vós, pedi, e dar-se-vos-á; buscai, e achareis; batei, e abrir-se-vos-á; porque qualquer que pede recebe; e quem busca acha; e a quem bate, abrir-se-lhe-á.

Lucas 11,9

Somos feitos não só do que fizemos e conseguimos, também somos feitos de todas as coisas que descartámos, todas as coisas que não conseguimos fazer, todas as coisas que não nos atrevemos a fazer. Isso é parte de nós. Todas as coisas a que renunciámos. A mulher com quem não se casou. A mulher que disse "não, eu não te amo".

Javier Marías

AO TEU LIVRO INACABADO

1. História de tudo 13
2. Morrer e nascer em Lisboa 65
3. Fidel 89
4. É o dia em que se enlouquece aquele em que se ressuscita? 177

Abro o manuscrito e leio. São raras as semanas em que escrevo. O encontro com o meu livro inconcluso é o tempo que me resta com o meu pai. Releio o que escrevi, mudo um ponto, acrescento uma vírgula, corrijo uma gralha, converso com Joaquim. Acarinho a ilusão de que, enquanto o escrever, Joaquim não morreu. Os anos passam. A vida após a sua morte torna-se irreconhecível. Visito cidades. Emigro. Não tenho uma sepultura onde visitá-lo. Os pontos e as vírgulas são as minhas flores. O livro continua, anda mais devagar do que um caracol sobre um túmulo. Agarro-me ao seu livro em aberto, porque só assim Joaquim permanece em aberto. Se escrevesse sobre aquilo que concluiu em vida, daria o meu pai por terminado. Conforta-me a inconclusão do seu livro porque ela indicia a inconclusão do autor. Quanto mais tempo deixo o meu livro — este — em aberto, mais tempo tenho perto de Joaquim. Não tenho feito senão inventar a minha vida. Invento, agora, a minha herança. E depois vou percebendo, ainda mais devagar, que Joaquim e o livro jamais terminarão. Vou percebendo que o objecto do meu estudo é o vazio, que o meu pai me deixou com as mãos cheias de nada.

I.
História de tudo

No momento em que morreu, Joaquim escrevia um livro que nunca me mostrou. Meu pai, meu estranho. Ouvi falar da sua obra inacabada desde criança. Onde guardar a dança da mão direita do escritor, enquanto projectou o romance, toda a vida adulta, o pontilhado de gestos abortados, os rascunhos-fantasma, tentativas, planos, ou seriam sonhos, a energia despendida, o fogo de que irradiavam ideias que jamais viram a luz? O que restou foi o vazio. Mas talvez o vazio seja um lugar — *uma cidade* — repleto de avenidas.

Algures, o livro sobreviverá, aberto, como sobrevivem as nossas ideias, anseios, as nossas mistificações, literatura desconhecida — minha tradição. Ninguém leu o livro que dizia escrever. O escritor morreu, e levou-o. Não é possível que a morte do meu pai tenha matado o livro, que era a própria vida. O sonho dessa obra foi a herança que me deixou. Como parar de sonhá-lo, se jamais o li? Imagino a biblioteca dos livros por escrever. Estão aí títulos só imaginados, as personagens que não abriram os olhos (o que serão?), enredos desfiados, cenários de cartolina, esboços de parágrafos, países sem fronteiras, cidades de uma rua. Para onde vão os projectos nunca concluídos? A vida que continham — para onde se dissipa?

Joaquim vive. Acordou a meio da noite, bebeu água e escreve à mesa. O começo tortura-o. É tão vasto o que quer dizer, que não é capaz de começar. *Como se começa?* Conheço a antecâmara dos livros, antes de serem linhas na página. Os livros ainda descampado, livros quando não há ninguém. Faz um silêncio que gela e eis que, do nada, um raio traz à ideia alguma coisa, uma visão, um som, uma palavra. Insinuam-se como perfumes sobre a pele, passado muito, sombras na parede de uma sala, cidades onde vivemos e não vamos há anos, a cara de alguém que amamos, mas não costumamos ver. No princípio, as caras antigas habitam-me e querem falar-me. Vejo o meu pai no começo da sua vida e desaguo no breu. Nada sabe sobre as linhas que se seguem, acabou de nascer, como eu não sei sobre o que tenho adiante. Então, exaspera-se, esfrega os olhos, pensa voltar à cama, mas, num repente, calça-se, põe a trela no cão e sai com ele para a rua.

A igreja coberta de cacimba. Corre um vento húmido, o céu acobreado anuncia trovoada. O homem sente-se cansado e esperto, ao mesmo tempo, assim como o cão, ainda ensonado, mas disposto a segui-lo até ao limite da cidade. Não se vê vivalma. Só a panificadora solta no ar o cheiro do pão amassado de noite pelos padeiros. Encaminha-se devagar para o jardim, seguido pelo cão. Na cabeça, leva o começo. Porque há-de um livro começar no começo da história e não no seu termo? Sob os carvalhos, o homem senta-se no banco de jardim e solta o cão. O animal pula, abana-se para se aquecer, já desperto. Fareja os cantos, investiga os canteiros. O homem olha-o e tira os óculos para o ver melhor. O cão parece estar à procura da lebre do começo que o homem procura caçar.

Quando depositamos a nossa esperança num projecto e não o cumprimos, talvez o projecto, a ideia, conserve a nossa esperança. Nesse caso, a ideia do livro prevalece sobre o livro e a energia contida na ideia prevalece sobre a morte do autor. Um pouco do espírito do meu pai terá ficado no projecto do seu livro, de que me sinto hoje herdeira. Herdeira de quê? Tudo o que me restou de Joaquim, à sua morte, foi uma pasta com meia dúzia de objectos: a pasta sem valor, e a memória indocumentada do seu projecto gorado. Mas é na medida em que sou herdeira do vazio que o posso preencher como quiser. Sou herdeira dos lugares onde a minha imaginação me levar, de mundos e fundos criados só por mim para o meu pai, o que é o mesmo que admitir duramente, que o luto pelo meu pai, e a sua herança, é um luto pela (minha) imaginação, é a herança do meu reflexo.

    O projecto incompleto do meu pai tem uma duração que a sua vida humana está necessariamente impedida de ter. O espírito do meu pai, insatisfeito e inconsumado, permaneceu na ideia do livro e assim desafiou a morte e adquiriu a sua perenidade. O tempo do mundo é alheio ao tempo das ideias que deixamos a meio. O mundo continua, mas as ideias não continuam. O livro de Joaquim paira no ar, sem título, enquanto os anos passam, mas não está morto. Queria contar a sua vida contando a história de África contando a sua vida contando tudo. Era uma história de tudo. Um livro nunca é um livro. O livro de Joaquim era outra vida.

Escrevo, olho as minhas mãos. Elas vivem uma vida parecida com a que o meu pai sonhou viver. Viverei o seu sonho, pelo menos em parte, consumei um dom que costumam dizer que herdei dele, se é que herdei, se é que o tenho, pratico a minha herança, esperando cumprir Joaquim. Mas é a um estranho que me dirijo, esse estrangeiro que é o meu pai depois de morto, falante de uma língua que não ouço e cuja gestualidade não sou capaz de decifrar. Muito além do luto, sou movida pelo desejo de entender o vagabundo, louco arquitecto, sereno peregrino diante de mim. Mas não sei como fazer de mim a casa onde lhe dar guarida. Morto o meu pai, não sei como merecer recebê-lo, por mais que o invoque, nem onde guardar a promessa de energia do seu projecto de escrita desbaratado.

Os historiadores da arte usam a expressão *non finito* para designar obras inacabadas, interrompidas, por exemplo, pela morte dos seus criadores. Outras são assim designadas porque foram feitas pelos artistas de modo a parecer inacabadas. A algumas obras falta o corpo, a roupa, as mãos. Ou estão em rascunho ou apenas incompletas. Noutras, vemos o corpo — mas falta a cara.

Neste quadro, falta um cão no colo de Mariana de Silva y Sarmiento, duquesa de Huéscar, pintada por Anton Raphael Mengs. Por razões misteriosas, o quadro foi deixado incompleto e apenas depois o pintor cobriu o rosto de Mariana com o que aparenta ser um véu. Ela parece enlutada do próprio rosto, ou que o rosto começou a desaparecer, e talvez o corpo de Mariana venha a desaparecer também. Imagino o meu pai assim, neste retrato dele que esboço, junto ao seu livro-fantasma. Teria a vida do meu pai sido não o sonho mas o luto do seu livro? Será que escavo o sonho do livro de Joaquim não para o terminar, mas para o impedir de terminar? Não é o que quero? Que o meu pai, como o seu livro, não termine nunca? Contemplo a sua vida terminada abruptamente como uma família contempla, entrando no estúdio do artista, os quadros que ele deixou inacabados. Assim, o livro inconcluso, deixado pelo meu pai em ideia, é o meu portal para a sua imortalidade, e não uma confirmação de finitude, ou sequer um *memento mori* da minha.

Livro que explica o que foi, é, será, tudo o que existe, o livro do meu pai nunca será lido ou terminado. Costumo escrever com pessoas na sombra, mas, desta vez, escrevo à sombra de um livro inacabado, à sombra do nada, livro na sombra, livro--sombra, linhas e palavras guardadas num computador, ou já apagadas, que nunca lerei. Nesse documento *word* inconcluso, está a explicação do meu pai, a versão do meu pai da nossa fraqueza, da sua e, talvez, da minha vida. A menos de cem quilómetros de minha casa, num ficheiro de computador, e não debaixo da terra, ou no fundo do mar, ou noutro continente.

O livro do meu pai é, entre nós, homem vivo. Falamos dele como de um parente afastado, mas que conhecemos. Ele projecta-o diante de nós, alude a ele, elevando os braços acima da cabeça. É coisa gigante. Quase pessoa próxima, a que nos referimos recordando as manias de um morto de quem se tem saudades. Esta é a sombra desse livro, o lugar onde teclo. Escrevo à sombra desse nada, sem saber se ele é mais do que uma confusão noite dentro do meu pai, se um anuário dos pesadelos que tinha e de que me falava, os seus sonhos inquietos, que me atormentavam também a mim quando, deitado na cama, ao fim do dia, me dizia "não, bem não estou, muitos pesadelos, muito confusos".

Escrevo este livro na sombra do seu, da explicação derradeira da sua vida, da sua versão dos factos a que, faltando palavra melhor, chamo "eu, nós, ele". Mas quem é ele, quem foi, que versão era, destinada ao caixote do lixo de um computador — isso não sei. Sei que fujo deste livro que escrevo, como fujo do dele, como esperei pelo livro do meu pai — para me entender, para me destruir de vez, para explodir, para me desconhecer, para o conhecer — e sei que só me admito escrevê-lo porque o sei morto.

    Será que, a partir da esfera sonora dos livros inacabados, o livro do meu pai canta com este? Então, lanço-me na noite, contra nenhuma outra literatura senão a língua do meu pai, desde o purgatório onde o vi uma noite comendo, vomitando palha, tinha ele morrido — "conta-me como é depois da morte", pedi, curiosa. "O além é a mais tremenda das cólicas", respondeu-me e, num instante, nela me vi e comi e vomitei palha — desde a latrina, da *motherboard* do computador do meu pai até esta mesa, esta janela, este rio outro, onde o seu livro me dirige, maestro nocturno, e dita o que escrevo, sombra do livro do meu pai, sombra da sua sombra, sombra de coisa alguma, sombra do seu cão, que, deitado junto à cadeira onde o meu pai escrevia, aguarda ainda que ele acorde a meio da noite.

O que é uma pessoa? Quando é que uma pessoa está completa? Uma mulher sem cara é já uma mulher? Um escritor sem livro — o que é? Um livro que não chegou a ser escrito será um livro? É então que Joaquim deixa de ser meu pai e se torna o arquitecto. Diante de mim, vejo o homem e o descampado. Foi o homem contratado para projectar a cidade. Não sei onde estou, que arrabalde é este, no meio do qual o homem gesticula e observa, movimenta o pescoço e os braços, como falando a alguém. Não é ainda uma cidade, mas o homem contratado fará do descampado uma cidade. Nada disto é um sonho, mas uma primeira visão que depressa se esvai. Parece-se com a vida de Joaquim à medida que o tempo corre sobre ela e a pouca nitidez se perde. Sinto-me, no começo, atravessando a ponte quando não se distingue a cidade, tapada pela névoa. Navego sobre o rio, mas não há horizonte. Tenho o meu pai à minha frente, mas pairo na nuvem.

talvez até a minha vida já tenha sido escrita sem eu saber e esta não seja a minha vida, as acções e omissões, os navios, o ronco das vagas, o bulício das metrópoles, o remate negro das gargalhadas, tudo foi escrito, os volte-faces, e olho a minha vida, e talvez essa coisa mínima que é a minha vida não tenha sido ainda escrita, talvez apenas o que é imenso foi escrito e os meus passos insignificantes a subir a rua esta manhã não tenham sido escritos, tirar os trocos do bolso e passá-los para a mão do caixa no supermercado, o peso das moedas nos meus dedos, o meu agarrar no copo de água depois do café, e não, não o digo por achar que há alguma coisa de singular na minha vida, a haver alguma coisa de singular só talvez o modo como a destruí com singularidade, grandes esperanças, e onde estou, vou e venho do quarto para a sala e da saleta para o sofá, ontem vi uma fotografia de quando era jovem, ao leme do veleiro, que idade teria, dezoito anos?, era na altura em que fazia regatas e comia três bifes e três ovos sozinho, quem me fritava os bifes e os ovos era um rapazinho negro mais novo do que eu e nunca parei para pensar o que era a vida dele, sim, na fotografia tenho o tronco aberto à descoberta de tudo, é uma imagem envelhecida e no entanto os meus olhos estão ainda vivos como não os vejo agora, talvez tudo escrito menos olhar-me hoje de frente e ver esse homem, já não me lembro do que era ter diante de mim o horizonte, prometi à Laura que avançaria, que persistiria neste projecto de contar a nossa vida, prometi-lhe ontem, e abracei-me a ela ardentemente e todo eu chorei por dentro porque sabia que estava a mentir-lhe, tenho vergonha e escrevo com vergonha de saber que no final não conseguirei, estou pesado e o meu livro por escrever pesa sobre mim como cinco garrafões de água presos a cada pé, eu prometi-lhe e ela lançou-me um olhar de quem acreditou em mim, tem sessenta anos mas olhou-me como a mulher do chefe da máfia olha para ele quando ele diz que o futuro está garantido, sim, o futuro garantido como se escrever agora a minha vida pudesse mudar alguma coisa na vida de dois reformados, mas penso, pensei ainda ontem, sim, tudo está decidido, mas estará tudo escrito, a beleza, sim, mas a estúpida ordenação da vista da nossa casa, o casario nas traseiras e as bizarras cozinhas que vejo da janela

Ao telefone, conta-me a história de um amigo cantoneiro que varre as ruas de madrugada, e que ele costuma encontrar. "Tinha o assobio mais bonito", e varre a rua, entoando mornas. Uma voz saída de um prédio manda-o calar. "Cala a boca, sua besta, quero dormir!"

"Um assobio tão bonito, filha. As pessoas são más."

Fala-me doutro amigo, dormia no jardim onde passeava o cão, "pegaram-lhe fogo durante a noite, acreditas, filha? Era meu amigo. Dormia tapado em caixotes, vieram de noite, e pegaram fogo aos caixotes e ele ardeu nas chamas".

"Pronto, não te incomodo mais com os meus amigos."

Narra-me o dia em que, num dos passeios, apareceu um cão desembestado, que atacou o seu cão. O seu cão lançou-se à jugular do cão furioso e paralisou-o. Era ainda de madrugada. O jardim estava coberto de nevoeiro.

"Não contei isto a ninguém. Não sei se o matou ou não. Ficou com os dentes ensanguentados."

Um livro sobre um livro que não existe não é o mesmo que um livro sobre nada e não é um livro sobre um livro. É acerca de tudo aquilo que uma coisa que esteve para ser e não foi ainda assim foi, tudo quanto essa coisa chegou a ser. Será uma pessoa a soma daquilo que fez ou do que não fez? Somos mais os sonhos do que os feitos, mais os desejos do que aquilo que concretizámos, mais tudo quanto não fomos capazes do que aquilo que deixamos quando partimos? Se assim for, que dizer daquilo que vamos fazendo, perante a magnitude dos anseios, perante os projectos adiados? São tantas as pessoas que gostavam de ter escrito um livro — pessoas como o meu avô. Dizia-me, oitenta e muitos, com pena, "fiz os filhos, plantei as árvores. Faltou-me o livro".

A obra aguardada lançá-lo-ia numa vida que, aos olhos do seu pai, lhe traria reconhecimento merecido e uma existência entusiasmante. Era aspiração que vinha da infância. Em casa, lembravam-se os jornais que Joaquim fizera em menino, folhetins nos quais narrava as anedotas do quotidiano da família. Viemos a fazer juntos jornais assim, feitos de fita-cola e papel manteiga, títulos como o *Gelatina* e a magazine *Diluente*. Joaquim era ainda miúdo de dezassete anos quando se tornou repórter.

Alguma coisa terá morrido no plano do livro do meu pai no dia em que lhe disse que publicaria o meu primeiro livro. Falávamos ao telefone e faltou-lhe a voz. Disse-se feliz, mas creio que o tremor na sua voz assinalou que a primeira coisa em que pensou foi na obra adiada. Se a filha escreveria, o que não imaginou, quando começar senão agora, que o tempo corria mais depressa? Tenho pensado naquilo que adiamos.

O livro de que ouvi falar desde que sou gente seria o salto inaugural que o lançaria das páginas dos jornais para a literatura. Homem de mil e uma histórias, provido de uma memória diabólica, estava talhado para narrativas de fôlego. Viagens de caiaque nos mangais e guerrilheiros impiedosos. Relatos dos bastidores das grandes decisões da História. Crónicas da guerra e da revolução. Lembranças de tempos sangrentos e apaixonados. O meu pai começou por ser esse concentrado de aventuras. Dizia-se, dizia, que viajara pelo mundo. Na minha imaginação, pertencia-lhe um passado digno de um Tintin, de um Corto Maltese, Júlio Verne, Fernão de Magalhães, Marco Polo. Nunca achei estranho que tal aventureiro fosse ainda tão jovem ou, precocemente aposentado de uma existência de viagens, dormisse agora na cama ao lado da minha, de mão dada comigo. Saído de uma banda desenhada para ser meu pai, fazia-me sentir a menina mais importante do mundo por me ter calhado tamanha sorte, a de passear comigo pela rua, sempre com o mesmo destino — Lisboa, Cascais, Setúbal —, com o sentido de aventura de quem ia em expedição à Patagónia, ou a bordo do Expresso do Oriente, de cada vez que apanhávamos o comboio em direcção ao Cais do Sodré. Não era o transiberiano, e a gente sisuda à nossa volta na carruagem, olhando de lado o homem branco com a miúda preta, cazaques soturnos, soviéticos desconfiados, cowboys em descanso, saxões melodramáticos, figuras vivas, carrancudas, tristes, sedutoras ou curiosas da Guerra Fria?

Partíamos cedo, noto agora que Joaquim era ainda um rapaz de trinta anos que vivia com os pais, e relembro as aflições da minha avó quando saíamos de casa, "O que vai comer a miúda?

Tens dinheiro? A que horas voltas? Olha lá que a miúda tem de tomar banho às seis".

Entendo que o seu livro oculto é o livro da minha vida. Talvez diante do meu pai ele fosse, como são para mim os livros por escrever, este que escrevo, um poliedro cintilante, ora avenida perpétua, numa cidade à pinha, ora navio em mar alto. Abria muito os braços, erguia-os, quando falava do livro, e logo deitava a mão direita à cabeça, em sinal de que lhe levaria suor e sangue alguma vez concluí-lo. Escrevo sobre a coisa nenhuma que ele desenhava no ar ao falar do projecto — acerca do arco do seu braço no ar e de volta à mesa, onde o pousava, cansado de imaginar —, visto que nunca li do livro do meu pai nem uma página. Falo do que não conheço, livro que não me aguarda em nenhuma biblioteca.

Não sei quando o terá começado, quando terá começado. Quando começa um livro? Ainda não percebi. Quando ainda se tem medo de sonhar com ele — quando se imagina que se é capaz de o fazer — quando se tem a certeza de que não se é capaz — muito antes de estar escrito — muito depois de ter sido terminado? Não começa quando começa e não termina quando é terminado. Algum livro termina? Não, coisa alguma termina.

O livro do meu pai começa não sei onde, talvez em Lisboa, talvez começasse num pesadelo a meio do Atlântico. Os seus sonhos: "É tudo confuso, tenho de tratar de muitas coisas muito depressa, gente e muita confusão, é confusão que me confunde. Pessoas da minha vida, não as vejo há anos". Os meus sonhos: um júri de todos os meus demónios, e há que prestar provas diante deles, ou há que alimentá-los: são duzentas pessoas e só tenho, na cozinha exígua, duas caçarolas e cinco pescoços de galinha. Tive uma fazenda no teu coração, podiam ser as primeiras palavras do nosso livro.

A rua onde nasceu, pelos meus olhos: casas baixas, à volta das quais há muros de tijolo, casas salmão e brancas, um tom abaixo do vermelho da terra, dois tons abaixo do laranja-fogo do céu. O cão corre do quintal para a rua, rafeiro de pelagem negra, corre e atravessa a estrada. O meu pai, cabeleira loura, corre atrás dele, em calções pretos e camisa branca, o miúdo todo se ri. O miúdo, uma gargalhada eléctrica atrás do cão.

Trouxera de Angola uma pasta preta com lembranças, recortes, documentos — fotografias na comitiva de Agostinho Neto — fotografias com a minha mãe e com amigos de juventude — recortes das suas reportagens publicadas no *Jornal de Angola*. O que me deixou o meu pai? Diante de mim, à sua morte, a pasta —

    Duas medalhas ganhas em dois torneios de vela
    Uma caixinha chinesa, de tampa dourada
    Um par de óculos usados
    Postais e cartas avulsos oferecidos no Dia do Pai
    Um abre-cartas de madeira
    Meia dúzia de textos fotocopiados
    Uma capa de plástico amarela
    Sete fotografias

Uma personagem: um território. Será que as colonizo, impondo-lhes os meus costumes e a minha língua, a minha lei? Parece-me que já existiam em algum lugar do mundo, onde eu desconhecia haver vida. Participo da arte infamante do "descobrimento". As personagens já lá estavam, mesmo que eu não soubesse onde, e sou eu que abordo essa terra e troco espelhos partidos por cacau. Resistem à conquista. Não querem a minha lei. São indomáveis criaturas incriadas. Não há virtude nenhuma nesta guerra estúpida. Escrever é sempre matar: e nada parecido com criar, ou trazer à vida. Mato, escrevendo, a força contida naquilo que ainda não é, mato a potência. É fácil de perceber. Parece-se com matar o sonho de um filho. Cortar pela raiz um talento. Abafar um dom.

Se comecei por conhecer o livro do meu pai como desejo do seu pai, Joaquim passou a anunciá-lo desde os quarenta anos e, com mais frequência, nos últimos seis anos da sua vida. Deixara de ser anseio vago, esperança de terceiros, mera fantasia. Os anos passaram e, antes de ser, o livro fez-se gente. A partir dos trinta e seis anos do autor, o livro tornou-se homem. Falava dele. Falávamos dele. Antecipava-o. Descrevia-o. Perguntávamos por ele. O livro era um amigo do passado, com o qual apenas o meu pai se encontrava e do qual trazia novidades, "Vou começar", "Está em descanso", "Estou no processo". Às vezes, parecia-se com uma criança, em crescimento perpétuo: "Está a crescer", "Está maior", "Está enorme".

Sonhava com ele em voz alta, referindo-se-lhe como a uma pessoa e não a um objecto. Era um sonho, uma ideia fixa, mas tratávamo-lo como facto consumado, anseio encarnado e não em vias de criação. Sendo certo que transformaria a sua vida, se o escrevesse, tornara-se promessa de uma vida diferente. Colaria as peças soltas, não livros, obra, lugar na estante, a posteridade, mas *o livro*. Mudaria a sua vida, a nossa vida. "É este ano", dizia Joaquim todos os anos em janeiro. "Já comecei a tirar notas, já escrevi muita coisa", "Já o tenho na cabeça, já comecei", "É desta". História atormentada da sua vida, tornado com a espera pessoa tangível, o livro insuflou como um balão. Caberia nele tudo, a memória inteira do seu autor. A vida inteira, e já não apenas este ou outro episódio. Tudo o que vira, sentira, o que ele, o mundo eram, e não só este ou outro recorte. Não sei se é condição de todo o livro adiado que se pareça com a vida mais vasta alguma vez vivida. Sei que o romance adiado do meu pai se tornou, com os anos, um colosso. Afirmava tê-lo na cabeça e eu perguntava-lhe como seria, mas se o tinha na cabeça, então a cabeça albergava um monstro de proporções bestiais. Titubeava diante das perguntas, nesses momentos. Sabia-o tanto, com tamanha certeza, que dele não se distinguia. O livro estava tão perto que lhe fugia. Livro e autor, a vida e a história, coincidiam a ponto de se dinamitarem. Ter-me-ia respondido: "Não vês o livro? Aqui o tens. Olha para mim. Eu sou o meu livro". Em vez disso, olhava além dos meus olhos, de súbito, vazio. O livro era tudo e, em simultâneo, nada. A mais electrizante das cidades — e o deserto.

Ansiava o tempo de se lhe dedicar em exclusivo, reforma projectada a sul, numa casa onde sonhava escrever sem distracções. Adiado toda a vida, o livro tornara-se projecto de fim de vida. Se, primeiro, abarcava a sua vida em Angola, os anos da guerra, a luta pela Independência, as reportagens pelo mundo e em cenário de guerra, viria a incluir a sua segunda vida. A pacificante convalescença, os anos em Portugal, a vida profissional, a história da família, tudo o que vivera. Se um livro é um homem, o meu pai foi o seu livro que nunca lemos, que ele via com clareza cada vez mais limpa no horizonte, e sonhando com ele uma vida inteira, completamente o viveu, o escreveu, ainda que o tenha deixado inacabado. O livro, o *tal* livro, o grande livro, "o best-seller", dizia.

Namorava o livro adiado, que se tornara uma némesis. Mas estava distante dele, como um herói distante de casa, enleado pelo seu poder de atracção, torturado, revigorado e, em simultâneo, acobardado da sua ideia. Se, ao menos, fosse capaz de o terminar, talvez pudesse tocar com os dedos a areia dessa ilha, onde o sofrimento cessaria só por lá ter chegado. Quantas coisas não seriam a solução precisamente porque sabemos não ser capazes de as fazer? Talvez escrito e publicado o livro, as coisas não corressem como Joaquim imaginara. O facto de que não o escrevia alimentava uma ilusão, quem sabe, infundada, mas a tal ponto inebriante que era força e âncora. Que queria, afinal? O nome na capa? Seria vaidade antecipada ou preferir viver sob a projecção dessa outra vida, que observava de longe, a desdenhada vida dos escritores?

Um pai assemelha-se a um livro? Leio e releio e, a cada vez, ele muda. A cada leitura, mudo. Se, por um lado, o sinto escrito para mim, por outro, pertence-lhe uma outridão cabal. As pessoas são mais parecidas com livros do que parecem. Falam. E não falam. Não respondem. Muitos anos depois, regresso a elas. Leio o que escrevi nas margens. Imaginei que diziam x, mas não encontro x em lado algum. São espelhos. Dizem o que quero que digam. Sonho agora com amigos fluorescentes, gatos, pulgas e embalagens de champô. Acordo a meio da noite, encharcada em suor. Tenho orgulho em Joaquim e, ao mesmo tempo, medo de ficar parecida com ele. Receio que a vida me aproxime do seu destino. Quem me há-de ensinar a fugir-lhe, a cada momento mais próxima?

Joaquim morreu no fim de janeiro. Choveu sem parar em fevereiro. O céu era da cor das cinzas. Estávamos confinados. Eu imaginava-me caminhar na rua, sair de casa e gritar aos quatro ventos que o meu pai morrera. Da janela, projectava-me andando no passeio lá em baixo e com cada vez mais medo de não ser capaz de andar, tal como Joaquim nas últimas semanas da sua vida. Um grupo de homens calcetavam o passeio à chuva, sem máscaras no rosto. Observava-os tarde fora e sentia que o meu pai me impregnara a sua morte. Será que, após ter sido cremado, o seu corpo e alma haviam tomado a vez dos meus e levado de mim a vida?

Nos meses que sucederam o funeral, incapaz de escrever, os dedos sobre as teclas acendiam-me no corpo dores lancinantes. A visão do ecrã do computador dilacerava-me a vista. O abecedário eclipsou-se e, em seu lugar, uma ladainha que cantava em pequena ecoava nos meus ouvidos, repetida, acendendo calores gelados no estômago e frios húmidos nos pés. Pensei-me inacabada. Pensei que o inacabado livro do meu pai se apoderara de mim e que acabaria comigo, deixando-me louca e a meio, entre duas margens.

Coisas em que vejo Joaquim
O cheiro borbulhante do café a ebulir na cafeteira
O tremor das minhas mãos
O rasto enlameado de pegadas de criança nos corredores
    do supermercado
A mimosa florida na rua
O taxista a receber um telefonema da filha a meio da corrida
O milhafre-real a sobrevoar a montanha
As três garrafas de água ao lado da minha cama
A ferida no polegar, que insisto em coçar
O silêncio antes do jantar, depois de anoitecer
O vazio entre as 14 e as 16 horas de qualquer tarde
As groselhas na caixa, já bolorentas
O sabor que fica na boca depois da sesta

O que está diferente
O meu olhar
O preço das cebolas

O que não mudou
A luz dourada sobre os telhados, ao fim da tarde
O sabor da água
O fluxo dos navios no rio

O que voltou
Os pais a deixarem os meninos na escola

O que passei a ser capaz de fazer
Sair à rua sozinha

As poeiras do Saara de regresso. Podia contar a medida em que, sem querer, te esqueço pela forma como o céu se encarniça, ao fim do dia, e deixo de ver os prédios, a poucos metros de distância. Queria contar-te que hoje fui à rua e vi, no jardim, um sem-abrigo que carregava dois *trolleys*. Era tudo o que tinha. Tapava-os com um cobertor. Quem guardava o homem era o seu corvo. A casa estava montada no banco do jardim e, no banco ao lado, o corvo vigiava a entrada e palrava com o seu amigo. Ali estavam dois irmãos, era o que te queria contar, que só vi porque agora, sabes?, atrevo-me a sair de casa e a andar por aí, agora toda eu, cada parte de mim só quer rua, rua, rua, quero os outros, os outros, os outros, os outros. Se calhar, a tua morte curou esta ferida.

Filhos de pais que falharam na vida. E temem falhar também, e o medo de falhar enfraquece-os e falham na vida. Ou levam a vida a corrigir a falha dos pais até se aperceberem de que o esforço de a corrigir só os conduziu, por caminhos tortuosos, a falhar na vida de um modo análogo àquele em que os pais falharam, apenas mais elaborado, mais cheio de arabescos.

Filhos de pais que venceram na vida e temem vencer, e o medo de vencer enfraquece-os e herdam a vitória dos pais no que quer que façam. E sentem que não o merecem e tornam-se cheios de fraqueza, ainda que mandem, ponham e disponham como viram fazer. Até que a fraqueza se dissipa e, aos poucos, ao fim de muitos anos, já se esqueceram do teatro por detrás de toda a força.

"Porque hei-de querer corrigir os meus pais? Não vale a pena corrigi-los. Eles são como são. É ao afadigar-me para os corrigir que me vou tornando parecido com aquilo que neles quero corrigir."

Nas noites em que as poeiras do Saara chegaram, cumpriam-
-se os primeiros meses de luto por Joaquim. Da janela, deixa
de se avistar o rio e Troia. O mamarracho que corta a vista, a
escassos metros de distância, está invisível. Um precipitado
de areia cobre o bairro de pescadores, dissimula os telhados e
as árvores da avenida. Do outro lado da estrada, a ruína esca-
lavrada, sem tecto, desapareceu na poeira.
    Algumas gaivotas invisíveis grasnam no céu.

De tempos a tempos, o fim do meu pai é anunciado pelo vento,
que traz a areia do deserto.

As madrugadas são abafadas, de mau augúrio, mas quase deli-
ciosas, sem vento, noites antes da batalha. As manhãs são sujas, os tejadilhos dos carros estão enlameados, as mesas dos
cafés manchadas de lama fina.

Atiro-me à página e só a consigo ler e não escrever, ainda que
não esteja completa. Há um silêncio atrás da página, como há
dentro dos olhos de algumas pessoas sorridentes.

Progrido como uma caravana na areia, na iminência de me
atolar. Quero e não quero chegar ao fim, quando o meu pai
se calará.

Olho-me ao espelho. Tenho os seus ombros, os mesmos tiques com os dedos, o mesmo esgar, a testa, um tronco parecido. Que nome dar a isto que os mortos deixam aqui? Nós mesmos, inconclusos, o nosso corpo e alma, que o tempo segue editando?

Era homem de poucas palavras. Começámos, talvez, em dias e noites longos, festas, almoços e jantares em que, mesa cheia, o meu pai ficava calado e ouvia a conversa e todos diziam: "Então, não dizes nada? Estás sempre calado, pá". Talvez matutasse no livro, ou em pesadelos, ou em como os jantares o roubavam à vida e à vida do livro. Existe o verbo *sonhar*, mas falta o verbo *pesadelear*. Talvez, mesa cheia, casa agitada, conversa de chacha, o meu pai pesadeleasse acordado.

Numa nota que me escreveu aos quarenta anos, Joaquim disse-me que eu lhe havia "restituído a dignidade". Forma nobre de sumariar a razão de ser do trânsito atlântico que racha a minha vida ao meio. Vim para Portugal acudir o meu pai porque ele estava doente. Tinha três anos, vinda em socorro, não sabia ao que vinha nem o que era acudir alguém. Para o socorrer, bastava ser a sua criança — uma nova vida — junto a ele. A lenda conta que o médico aconselhou a minha presença. Desse facto, outros lembrar-se-ão melhor do que eu. Como tudo no começo da minha vida, nada sei nem quero saber. Conduzi-o até casa, puxando-o pela mão, vindos de cafés e de bares. Pus-me às suas cavalitas num campo de golfe, em Troia. Depois, ele tirou a camisa, estávamos em agosto, e um guarda aproximou-se do homem de tronco nu e enxotou-nos a ambos, porque não se podia andar ali de tronco nu. Lembro-me da sua cara ante a minha estupefacção, vendo-o nu da cintura para cima e achando estranho que o guarda estivesse tão zangado. Era uma indignação vexada: "Não ligues a este senhor. Vamos embora".

Não escrevo diante do livro, mas do meu pai diante do livro, apagadas as luzes. Escrevo o meu pai. Debruçado no ecrã, os dedos grandes, a aliança apertada no anelar esquerdo (talvez a tenha tirado e posto sobre a secretária), a luz branca do *word* que o suga pela noite, que o desembrulha e o desordena, livro da faca que o vai matando de o desejar, e cujo fim ele não vê porque talvez o livro do meu pai tenha só uma linha e nunca o tenha continuado, "Como começar?", pergunta o meu pai. Como se começa?, e eu longe, sabendo que, a cada livro meu, mais o livro do meu pai eu matei, a cada livro meu, mais longe do meu pai o livro do meu pai, a minha força sugava-lhe a força e da sua fraqueza me alimentei.

Com os anos, tornou-se um homem pesado. Penso hoje no seu corpo e em como o tamanho do corpo o foi desalentando. Nos últimos anos, era só cabeça, como se, estando grávido dela, houvesse que alimentá-la, grávido da monstra, a própria cabeça caprichosa. Ao mesmo tempo, há entre mim e ele, no decurso do seu luto, uma linha branca, um vácuo que o torna distante, e vislumbro-o atrás de muitas montanhas, como o homem chegando a casa do escritório que lhe levou a vida, funcionário regressando da estação de comboios que o trouxe de Lisboa até casa. Desde a sua morte, o meu pai é, em mim, esse homem em mangas de camisa, regressando a casa, às últimas horas de um dia de primavera. Sabia pela sua voz se ele estava bem ou não. Às vezes, ele ligava para casa da cabine telefónica, antes de o comboio partir, ainda em

Lisboa. Depois, seguia-se a viagem e, finda a travessia, o regresso. Vejo-o, porém, chegado à estação, como à chegada ao paraíso. E a chegada repete-se em mim, como uma cena em *rewind* contínuo.

À esquerda, o quiosque de jornais. O meu pai cruza a passagem de nível e caminha. Entre a multidão, é meu pai, sendo qualquer homem, anónimo passageiro. Calvo e magro, homem alto, não cumprimenta ninguém. A camisa que veste é grená, veste calças de bombazina e calça meias brancas. Dentro do homem, vai o livro, ainda uma possibilidade. O quiosque de jornais apinhado. Calvo e magro, homem alto, não cumprimenta ninguém. A camisa que veste é branca, de mangas curtas, veste calças de ganga e calça sapatos pretos. Dentro do homem, o livro é o que pode corrigir a chegada. Sonhava-se escritor célebre, autor lido, traduzido, viajante. Entre a multidão, é meu pai, qualquer homem, passageiro anónimo. Olha em redor, meio perdido. Calvo e magro, homem alto, cumprimenta os africanos da estação. Quando o meu pai não estava bem, eu ia buscá-lo à estação. Arrastava as palavras, a língua estava a mais na sua boca. Olhava-me, não confiando em mim, as minhas palavras eram-lhe matéria suspeita. Olhava em redor, nervoso. Alguém, alguma coisa, o perseguira desde o Rossio. Regressara há instantes do escritório, onde fora ganhar o pão do dia, escritório que foi a mó que moeu o sonho do seu livro. Durante o expediente, escrevia notas e cartas. Era daqueles escritores funcionários que escrevem às escondidas enquanto fingem trabalhar. Nos dias dos olhos perdidos, o meu pai chega a casa, mas não há nem sequer sonho de livro. (Deitava-se na cama e dormia.)

Fico-me naquilo que Joaquim deixou incompleto. As coisas que deixou a meio participam da estupidez e precocidade da sua morte. Detenho-me no nada que resta — fiapos duns planos, objectos sem valor, que só estimo por saber que ele os tocou — uma caneta, uma régua, um auto-retrato, um cartão-de--visita, um postal (*nem a sua caligrafia herdei*, penso, ao olhar de perto a sua). Objectos tocados pelo meu pai, agora mortos como ele, desimbuídos de aura.

(Tanto tempo deambulando por feiras da ladra, à cata da herança dos outros — e a minha herança não enche um envelope. *A quem a envio?*)

Ponho os seus óculos. A sala fica desfocada. Vou à janela. Está um dia luminoso de outono. Avisto um rio engordurado por uma dedada. A lente, suja, tem ainda a sua impressão digital. Mas a graduação não me serve. Os telhados próximos são um mata-borrão. As antenas de televisão no cimo dos prédios, vejo-as entortadas. Um cargueiro cruza o Sado, e o que vejo é uma mancha branca indefinida. A graduação de Joaquim faz--me ver o mundo desfocado e dá-me dor de cabeça.

tudo quanto é grande e valioso, mas estará escrita a penugem do pombo que vi hoje quando ia a sair do café?, chafurdava em restos de melancia à beira do contentor do lixo, e depois atravessei a rua e vi de soslaio a porta do nosso prédio e a entrada, quero dizer, do outro lado da entrada, de modo que a vi como se eu mesmo fosse um transeunte e não um morador do meu prédio, e então pude atentar em como é vulgar essa porta e esse átrio, como se percebe claramente que aquilo não é a entrada de um prédio de pessoas que estão bem na vida, e vem o livro, e os olhos da Laura quando lhe prometi ontem, a força com que me apertou os ombros e me beijou os dedos, como a abençoar as mãos com que escreverei, fosse eu capaz de o fazer e nada me diz que está tudo escrito, as coisas mínimas, esse olhar da Laura, o que lhe devo, nada me diz que tudo quanto sinto e penso e quero e vivi não está algum leitor cansado e gordo a ler num tomo escrito desde o começo, por isso deambulo pela rua, estou assim há um ano, desde que me reformei, estou à procura do meu livro pela rua e vejo olhos, bocas, telhados, não sei se aquilo que vêem os meus olhos não foi tudo já visto, se tudo o que sinto não foi já sentido, será o meu espírito um espelho?, ontem caminhava pela rua e voltou-me o Alberto no último telefonema, lembro-me do que me disse, Joaquim, foge do fogo, sorrio só de pensar na ironia, será que o Alberto saberia que não íamos voltar a falar-nos?, a ironia tem uma forma insidiosa de revelar-se na vida, é como um espectro, um halo, ou será um véu imanente?, um véu interior às coisas?, caminho, mas vejo a minha vida em retrospectiva, só depois do tiro a forma imanente se revela por inteiro, sinto-me a mim e à Laura a todos quantos conheço cosidos por essa linha invisível, caminho oprimido pela minha memória, sobre os meus ombros o arquivo da Torre do Tombo, sobre os meus ombros, dentro da cabeça, pesa o arquivo das ninharias todas que vi, que disse, que pensei, o Alberto nesses últimos dias, houve um almoço em casa da Sara, e ele apareceu, era já um ser em despedida, mas eu não percebi, pensar que pensava de mim nesse tempo que já tinha visto tudo e não dei conta de que era o último brinde, foi depois de perdermos o Alberto que jurei pela primeira vez que começaria e terminaria o projecto, comprei um caderno, a estupidez de comprar um caderno como quem o faz com nobreza, que grande vida tinha eu do alto dos meus quarenta anos, que épico tolo me saí, não tenho feito mais do que fugir do fogo, Alberto, perder um amigo e ousar imaginar a minha glória, ousar imaginá-la a troco de um caderno de duzentos paus, ando pela rua e vou num passo estugado, fujo não da minha sombra mas de mim, ando pela rua com a noção exacta de no meu encalço ir o Joaquim que anda à minha procura e esse talvez seja o Joaquim que não está escrito, o Joaquim à espreita das minhas pegadas a viver com ganas tudo aquilo a que eu não me atrevo e a perguntar pelo preço de tudo quanto este velho reformado gostava um dia de possuir. Houve um tempo, sim, houve um tempo escrito, nem sequer sobre esse tempo tenho agora mão, terão sido quantos, cinco, seis anos?, comprámos a casa, fizemos uns pequenos arranjos, há sempre uns pequenos arranjos no começo de tudo, sempre uma mudança e a ideia, que se tem nesses primeiros dias, de que o futuro não está senão garantido, pelo menos a ideia de que a vida agora nos sorri, lembro-me da Laura nesse tempo, sujos de tinta, eu tinha tanto orgulho da maneira como ela era capaz de organizar o que havia para organizar, sempre uma cozinha em obras, obras não, pequenos arranjos, é essencial que sejam pequenos, mudar as portas velhas dos armários para portas de contraplacado, até contraplacado pode ser uma ideia de esperança, mudar os puxadores dos móveis, pintar as portas de novo, mesmo que não logo da cor que imaginámos, agora que penso nisso, hoje os armários estão velhos de trinta anos, mas há sempre uma pequena cozinha, uma porção insignificante do mundo no começo, quando até estas ruas horríveis me pareciam belas e gostava de sair do comboio e caminhar até casa, nunca me havia sentido bem-vindo em parte alguma e agora tinha a minha insignificante colmeia à qual voltar a cada pôr-do-sol, sempre tinha o calor da Laura e o gosto que ela punha nas coisas, mesmo com o intervalo que isso trazia aos meus sonhos, tive o seu abraço e tinha pernas e braços fortes, estava longe do peso todo sobre o corpo que são os meus dias agora, não aí, nesses cinco ou seis anos enquanto os móveis da cozinha foram novos, aí não estava tudo escrito, ou eu era cego, de repente a vontade de fazer alguma coisa da vida tornava-se a vontade do regresso a casa, um tempo em que a casa cheirava a tinta fresca e a contraplacado, apetecia abrir os móveis, será que tudo o que há a dizer sobre esse cheiro a novo no começo de tudo também já está escrito, dura quanto, dois, três, seis meses?, ando agora pela cidade à procura, e era esse cheiro que gostava de encontrar, um aroma a carpintaria, a madeira acabada de cortar, santa ironia, a única coisa que me faria sentir vivo hoje seria cheiro a contraplacado

No dia em que vi Joaquim pela última vez, estavam nove graus na rua, tinha os pés e as mãos roxos. Ele não tinha frio. As suas grandes mãos, que eram já mãos de partida, insensíveis à temperatura. Fiquei a vê-lo da janela, saído da minha casa. Andava muito, muito devagar, com a ajuda da sua mulher. Caminhavam no passeio a caminho do carro como dois velhos, embora não o fossem. Seria a última imagem. O meu pai de casaco aberto, no dia gelado, rua fora.

Esqueci-me de toda a vida do meu pai, de toda a minha vida. De todos os nomes, datas, lugares, ditos, gestos. O luto não enquanto recomeço, mas erosão completa.

A sua morte desvenda o enigma da morte do meu amado pai. Por vezes, imaginava em pavor como seria quando morressem os meus. O maior terror do mundo é esse enigma e as circunstâncias que o rodeiam. Agora, sei como foi. O enigma desfez-se — o nó desatou-se.

De vez em quando, os obituários anunciam que o morto "não deixou sobreviventes". Acontece quando não há cônjuges ou descendência. Mas nenhum morto amado deixa sobreviventes. Outra noite de sonhos com Joaquim. Ele estava vivo e estava morto. Era ele, tal como o conheci, e estava entre nós, mas nós sabíamos e ele também que já tinha morrido. Fazíamos planos de férias e ele convinha que não lhe convinha ir naquela e naquela data. Arrumávamos a casa e ele assistia, sentado à mesa, estava lá, mas já não estava. É mais ou menos como o sinto, presente e ausente. Entre nós e na sua travessia algures. Sinto o meu pai em viagem, não o julgo bem chegado ao destino, mas a caminho de algum lugar que não sei onde é. Quase um ano após a sua morte, o meu pai é o pressentir desse movimento, espírito não em repouso, mas em viagem. Revejo-o e ouço-o ainda nos sonhos. Ainda a sua voz, o seu olhar, em jovem ou homem maduro. Mas acordo e sei-o não aqui, não em visita à minha casa, mas no seu trajecto, como um enviado especial destacado para algum destino ao qual leva anos a chegar.

Ninguém quer que me lembre do livro do meu pai. Está morto — morreu. Não importa onde está, se ia a meio, se foi ou não começado. É tema encerrado. Abortado. Acabou. O que esperaria eu encontrar nele? Queria tê-lo nas mãos, talvez nunca o ler. São só razões egoístas o que me impedem de o deixar ir. Desde que Joaquim morreu, todavia, o seu livro ganhou vida. Não o consigo esquecer, fingir que terminou, dá-lo por encerrado. O livro do meu pai é a sua voz e a sua voz não morreu. A imortalidade do livro representaria a imortalidade da sua alma. Tive um pai, mas, morto o pai, imagino-o.

Quem sabe esconderia o seu livro num cacifo da estação de comboios, em Santa Apolónia, talvez no terminal de comboios do Rossio. Saía cedo, entrava na carruagem, apanhava o livro no cacifo e passava o dia com ele. Depois, antes de voltar a casa ao fim do dia, guardava o livro no cacifo durante a noite. Assim terá sido toda a sua vida portuguesa, ao longo de trinta anos.

    Falava-me do livro em tal pormenor que não acredito que não o tenha começado. Ou talvez sonhasse de uma forma tão clara porque o tivesse escrito dentro dele, incapaz de o pôr na página. Diante de Joaquim, o seu livro esteve sempre escrito, razão, porventura, para não o conseguir escrever. Como encurtar a distância de montanhas entre o livro que se tem na cabeça e a folha branca à nossa frente?

    A morte de Joaquim retirou-me por completo a capacidade de escrever. Talvez porque morri de medo de perder com a sua perda a capacidade de escrever, e assim a perdi temporariamente. Morri de medo de que a partida de Joaquim acabasse com a escrita na minha vida, o que me emudeceu. Tal como ver-me escrever desafiara finalmente Joaquim a escrever, assim pensar-me estéril me calou. Talvez não fôssemos capazes de escrever os dois ao mesmo tempo, no mesmo planeta. Talvez para um de nós poder escrever o outro tivesse de ficar calado.

Um jornal angolano afirmou que herdei do meu pai "o punho" para a escrita. Lembro-me de ele ter ficado orgulhoso dessa menção e de eu, em privado, ter ficado desagradada com ela. Não queria o meu punho herança nenhuma e ele congratulou-se de me ter deixado o seu punho de herança. Queria não ter pai nenhum, esculpir com o meu punho os meus pais. Que queria Joaquim inventar? É aí que o seu ser pai se coloca entre o seu livro e quem foi, entre o seu livro e quem quis ser. Será que, sem saber, trocou o livro pelo amor aos filhos? Mas, se o fez, como não olhar-me ao espelho e ver na minha cara tudo quanto o meu pai teve pena de não chegar a ter porque me teve?

Uma amiga alude à "grande biblioteca colonial". Olha-me com o tronco e os braços tensos, repugnada. A sua cara fecha-se em fúria, que é vencimento e zanga. Refere-se à literatura ocidental, da Grécia Antiga aos nossos dias. Antes dos supermercados infinitos dos meus sonhos, havia eu e o Papagaio Jacó, no Supermercado Modelo ao lado de casa, em amenas conversas em que eu levava sempre a melhor, era o meu pai jovem e adormecia-me na cama com estas fábulas. Será o Papagaio Jacó horrendo boneco do vodu colonial? Farão os meus antepassados parte de uma colecção infame? Malditas, amantíssimas, avós contadoras de histórias e os seus contos de fadas pela minha pele adentro. Às vezes, ao fim dos dias, na beira da cama, antes de as aninharem na colcha, as avós contam às netas histórias que são pássaros: um governador português mandou construir uma prisão em São Tomé. Um dos castigos dos presos, nessa prisão, era, balde a balde, esvaziarem o mar.

Para que servem as histórias? As avós aparentam frieza ao narrar o terror, a frieza de quem carrega o peso do mundo. Falam, e é como estarmos sob uma chuva de raios. Então, as netas escutam. Guardam as histórias num rosário de trovões, sonham com os pesadelos dos outros e fazem neles os seus ninhos. Organizados em categorias nem sempre óbvias, estão na biblioteca os gestos, os esgares, os sorrisos, os bigodes, as unhas, os silêncios, as pestanas. E também os feitios, os lugares e as histórias. O que contaram e o que calaram, o escondido e o revelado, procuro os índices, as entradas, procuro as fontes.

1.
Em Cabo Delgado, em Moçambique, deceparam um marido. Depois, cozeram a cabeça e obrigaram a mulher a comê-la.

2.
Um oficial português apaixonou-se por uma mulher guineense durante a Guerra Colonial. Fez-lhe um filho. Quando chegou o momento de regressar à metrópole, escreveu à família contando que os levaria consigo. A família proibiu-o de o fazer. Então, o oficial deitou fogo à mulher.

3.
Um amanuense português apaixonou-se por uma mulher santomense em São Tomé. Foram felizes e tiveram um filho. Quando chegou o 25 de Abril, o amanuense voltou para Lisboa e levou consigo o menino. O filho foi criado em Portugal pela família do pai, que entretanto casou. Mãe e filho nunca se viram até ao dia em que o filho regressou a São Tomé para a conhecer. (Ela contava às miúdas da terra que tinha um filho em Portugal, filho dum branco. As outras julgavam que era mentira, que enlouquecera. Tinham morrido todas as testemunhas.) Tiveram poucos anos para estar juntos. A mãe morreu três anos depois.

4.
Um rapaz imigrou para Portugal com os velhos pais, vindos de Angola. Era um filho tardio. Os pais cedo ficaram velhos de mais e ele rápido se fez homem. Cedo se tornou pai dos seus pais. Deixou a escola para trás pelo bem deles, tomando conta dos seus velhos até à sua morte, numa barraca da periferia de Lisboa. Os pais morreram e ele foi a única pessoa presente no funeral. Enterrou-os antes dos vinte e dois anos. E aos vinte e três enlouqueceu.

5.
Uma mulher foi abandonada pelo noivo em Angola. Ele trocou-a por outra, casou e engordou. A mulher começou por ouvir zumbidos. Mas depois tornaram-se gritos, turbinas, furacões. Enlouquecida, acabou os dias a mudar fraldas a velhos num lar em Lisboa, uma daquelas senhoras negras que acordam muito cedo e ocupam os primeiros comboios.

6.
A mulher, angolana imigrada em Lisboa, aprendeu a ler e a escrever aos cinquenta anos. Uma vez, diante do Teatro D. Maria II, no Rossio, no centro da cidade, perguntou a um transeunte onde ficava o teatro. Tudo quanto sempre sonhou foi encontrar alguém a quem chamar senhora professora: "Deixe-me chamar-lhe professora. Nunca tive ninguém a quem chamar professora. Faz-me sentir importante". Desenha como uma menina de cinco anos, aviões que parecem pássaros. Num desenho, o avião da TAP que a trouxe de Moçambique para Portugal plana sobre um campo de flores.

7.
Deserto, Ilha do Sal, Cabo Verde. O pretendente diz à rapariga: "Se não casares comigo, violo-te aqui e a seguir vou até à

casa do teu pai, e degolo-o". Ela rende-se, diz-lhe que casa com ele. Ele viola-a. Depois casam, e toda uma vida ele abusa dela e destrata-a. Ela jamais conta seja a quem for por que razão se casaram. Depois ele morre. O sofrimento tornou-a doente, dói-lhe o coração da vida de silêncio, ao longo da qual abafou. E então começa a falar com o marido morto, com todos os mortos, diz-lhes o que nunca disse a ninguém.

8.
Frequentava a escola da roça. Era canhota. A professora batia-lhe com tanta força na mão esquerda, que a mão inchou e quebrou-se. Depois, tiraram-na da escola. A outra mulher fez a terceira classe na Missão Católica, em Pemba. O seu sonho era ter estudado. Recita, aos oitenta e cinco anos, em alto e bom som, as rimas do manual da escola primária, sobre Afonso Henriques e a conquista de Lisboa. Ainda se lembra dos nomes dos caminhos-de-ferro portugueses, aprendidos quando era menina no mato, em Moçambique. Lembra-se do dia em que foi pela primeira vez a Alcácer do Sal. Terá exclamado: "Ah, então isto é que é Alcácer do Sal", terra que conhecia dos tempos de escola, sem nunca lá ter estado. À chegada a Portugal, aos quarenta anos, a mulher disse, descia do avião: "Hoje é o dia da conquista de Lisboa".

9.
Após uma vida de delinquência, um jovem angolano é deportado para Luanda. Encontra o sentido da sua vida na aldeia onde nasceu, onde casa com uma rapariga e tem três filhos. Um dia, mete-se no contrabando e, a meio de um negócio, é morto um homem e ele é considerado culpado. Cumpre uma pena de doze anos. No dia em que sai da prisão, a mulher espera-o com os filhos. No mês em que é libertado, quando construía a casa onde haveriam de viver, é atropelado por um camião.

Ao acordar, percebo que a metáfora não é uma metáfora. Joaquim não é o meu enviado especial porque partiu em reportagem perene, da qual os meus sonhos me dão notícia, mas porque pertence ao seu espírito o princípio desse envio. Não fomos nós que o enviámos. Meu pai é repórter expedido — a caminho. Mas importa menos as novas que nos traz do outro mundo do que o estar em andamento, o seu curso já iniciado, que não sei quando termina. Importa mais a sua rota. Repórter que partiu sem destino, não vejo o meu pai a caminho do paraíso ou da vida eterna, a não ser que a vida eterna seja esse eterno vaguear, o eterno envio. Não vejo conclusão nem antecipo a chegada da encomenda.

À medida que os meses passam, o meu pai desbota. Fecho os olhos e revejo a sua cara, quando acordo, após ter sonhado com Joaquim. Parece-se com as fotografias nas páginas de jornal das suas reportagens, manchadas, vagas. De noite, é sempre mais nítido, mais vivo, mais ele. É durante a noite que comunico com a viagem, com o seu movimento. De dia, é imagem estanque, memória — coisa pobre ao pé da vividez dos sonhos. Desejaria lembrar o meu pai como ele me é durante a noite, mesmo que sonhar com ele me perturbe. Queria que os pesadelos terminassem, mas ser capaz de o ver de dia como o vejo quando durmo, aqui e não aqui, presente e ausente. É homem nosso, enviado, sem que haja lugar aonde chegar. O que o faz especial é chegar nunca. O que é perene é o ser nosso e o envio. É o nosso enviado especial não porque, chegando, nos trará notícias, mas porque um de nós foi largado na viagem e as notícias que nos traz são da viagem.

2.
Morrer e nascer em Lisboa

Foi em Lisboa que morri pela primeira vez. Talvez seja condição das cidades alimentarem-se dos jovens, da sua ingenuidade, da sua beleza. Recordo Robert Frank, num filme em sua homenagem. Afirmava que Nova Iorque era como o mar, "tira sempre alguma coisa de ti". Falava da gentrificação e dos preços exorbitantes das casas. "Tens de ser novo, tens de ser forte", continuava Frank, para aguentar a maré da cidade. Mas será alguma metrópole para jovens? Ou será para eles, na medida em que deles se alimenta, no sentido em que as capitais são canibais?

    Uma imagem fascinava-me, no tempo que precedeu aquela morte, o frontispício de *Leviathan, or The Matter, Forme and Power of a Commonwealth Ecclesiasticall and Civil*, do filósofo britânico Thomas Hobbes, gravado por Abraham Bosse, em 1651. Lera este livro ao longo de meses, mas foi o fascínio pelo frontispício que me enfeitiçou. Na gravura de Bosse, para cuja concepção contara com o aconselhamento de Hobbes, um monstro feito de milhentas caras reinava sobre um burgo, no topo de uma colina. Tê-las-ia comido, pensava eu? Não havia sangue nos cantos da sua boca, ou partes de corpos desmembrados em seu redor, apenas um sorriso amarelo de comilão satisfeito, talvez ainda com fome. Esse olhar de leviatã, de uma placidez que agora levemente me repugna, conduz-me a outros olhares, com que me fui cruzando, em Lisboa, em capas de jornal avulsas, na televisão, em família, pela rua. Primeiros-ministros, professoras, passageiros de autocarro, senhoras finas, operários, enfermeiras. Teria esse monstro a cara de *Lisboa*?

Que cara tem a cidade? Quantas cidades existem? Certamente, uma, para mim, íntima, a de um monstro insaciável, quase um miúdo estragado com mimos, um conviva incontinente, empunhando uma espada, e outra para cada uma das pessoas que acorrem a Lisboa, outra para cada uma das caras que compõem o seu corpo, ou lá vivem, dependendo do lugar de onde vêm, de onde nasceram, dependendo da razão de ali estarem e da distância (raio) que vai do centro ao ponto do perímetro da circunferência onde dormem. Não posso compor senão um mapa íntimo da cidade, afinal, o lugar onde se deu a sangria da qual emergiu a mulher que assina este livro, o lugar que me venceu e levou a flor do meu coração.

"Que se passou ali?", perguntam-me. "Como podes ter morrido, se aqui estás, diante de mim, se falas, andas, pensas?" Que tens tu, que sabes da morte? Se morri, se estou morta, como posso estar a escrever este texto? Quem fala aqui? Quem sou eu? Aquela morte deu-se há tanto tempo que já não me lembro de ter morrido.

O que quer dizer a palavra *Lisboa*? Que significa a palavra *Lisboa*, se a puxamos para título, nem que seja de um capítulo da nossa vida? Sabemos dizer que sim, *sim* — foi ali que se deu isto e aquilo, foi aqui que nasci, foi aqui que me ergui, que me casei, é aqui que trabalho, que me apaixonei —, mas que quer dizer essa palavra, a que nomeia um lugar, se cada um desses acontecimentos se situa noutro universo paralelo, ao qual apenas só em parte a minha juventude se deu em Lisboa? O que é uma cidade e a palavra que a nomeia, senão apenas o correspondente gramatical entre um ponto no mapa e um ponto num mapa interior, a que ninguém tem acesso? A palavra *Lisboa*, intitulando um projecto colectivo, ou impressa num texto, ou dentro de um livro. Que quer dizer? E para quem? O que é uma cidade dentro de um texto, de um livro, num poema, numa fotografia, num depoimento, num romance? A Dublin de Joyce? A Ítaca de Homero? Mesmo a Nova Iorque de Frank ou Garry Winogrand?

Vejo as escassas imagens que tenho dos anos da minha curtíssima existência lisboeta e pareço feliz e, sobretudo, nova. São tão poucas as imagens, que não me lembro já de ter tido aquela idade, de ter vivido esses anos. Nessas imagens, sou uma menina. Apetece-me entrar nas fotografias e amparar essa rapariga. Vejo-a nelas, sem fazer ideia daquilo que está prestes a acontecer-lhe, do modo como a vida mudará para nunca mais ser a mesma, a forma como o seu corpo enfraquecerá, como a cabeça lhe vai falhar, como em breve cairá. Não o posso fazer. Tenho de a deixar tombar. E constatar, hoje, que em nada o olhar que tenho se parece com o da jovem estranha que me olha na foto, concentrada na objectiva, alegre por ter bebido umas imperiais depois do trabalho. É uma fotografia do começo da minha vida e encaro-a como a imagem de uma falecida.

Às vezes, sinto que tenho de escrever o que me aconteceu em Lisboa. Com medo de que se repita, a urgência de o fazer é cada vez mais autoritária. Há uma diferença entre escrever e contar. Escrever não supõe dar a ler, não supõe contar, a não ser no que tem de contar a mim mesma o que foi que aconteceu. Tudo o que tenho contado emana afinal do que aconteceu, mesmo que não o conte, e mais do que isso, o que me aconteceu em Lisboa revelou-me como contamos sempre o que nos aconteceu, contemos nós o que quer que contemos.

Deu-se um acontecimento terrível, de que sou a pessoa que sobrou, junto da pessoa que me salvou do acontecimento terrível que aconteceu. Pouco adianta, no entanto, narrá-lo, até porque não saberia fazê-lo. Ter acontecido em Lisboa não é sequer relevante, porque Lisboa é, nesse acontecimento, apenas o lugar onde eu calhava viver, quando aconteceu o que aconteceu. A única história digna de ser narrada é a do salvamento que sucedeu esse acontecimento. A única história a escrever é aquela que elide o que aconteceu. Passa-se o mesmo quando perdemos aqueles que mais amamos. A injustiça mais estúpida reside em constatar que, nessa hora, tudo continua à nossa volta, que a cidade acorda e continua, que ninguém sabe o que nos aconteceu.

Naquela manhã, em que o mundo acabou no apartamento em que vivíamos, o dia acordou soalheiro e tudo estava na mesma, até quando a família, alarmada, nos visitou. Nada mudara nas suas rotinas ou nos ciclos do bairro e da cidade. É espantoso como não há um megafone nas ruas a bradar que, ali, naquele 1º esquerdo, se deu uma catástrofe quando o nosso mundo desabou. A continuação indiferente de tudo e sua aceitação é parte da forma impiedosa como a onda da cidade nos varre.

Talvez equiparar Lisboa a um leviatã feito de corpos humanos seja só uma forma de querer culpar a cidade. Mas ninguém me matou. Talvez eu não tenha sequer morrido. A cidade matou-se para mim, naquela manhã de outono que revivo ainda hoje, a cada vez que acordo. Lisboa não engoliu a minha juventude. Lisboa matou-se para mim, encerrou. Lisboa, cidade fechada. Falar da minha experiência da cidade de Lisboa com a honestidade desejável obriga a encarar esse fechamento, que talvez explique o modo como a odeio, sendo o ódio só a máscara para conseguir viver com esse meu fim antecipado. Por respeito a mim e aos meus, o testemunho e o ódio terão de permanecer no domínio das alusões e passar à sua condição dramática. Que importa o que aconteceu?, se aquela manhã foi só o encetar de uma longa marcha da escuridão à luz, e o que quer que se tenha passado teve ali início, mas não se distingue de todas as manhãs a partir daquela e das caras que me acompanharam de então em diante.

Percorro a ponte 25 de Abril, vinda do sul, onde vivo. O rio e a cidade estão envoltos em neblina. Cruzamos a via, mas apenas distingo o cume das vigas de sustentação da estrutura. Seguimos a toda a velocidade, rodeados de outros carros, nos quais não reparo senão nas letras das matrículas, com as quais componho palavras. É ponte para onde, se não se vê nada? A cacimba penetra pela sofagem do carro e esfria-me os braços. Para onde vamos? A capital é agora uma nuvem cinzenta que o automóvel perfura. O ar e a água do rio não se distinguem. É nos dias assim, de nevoeiro, que entrar em Lisboa mais se parece com um mergulho no sonho. Nesses dias, é claro o motivo da fuga. Por vezes, os ciprestes do Cemitério dos Prazeres distinguem-se no manto branco num verde quase negro. É a primeira coisa que se avista distintamente. As sombras dos mortos e Campolide, que se desenha com tons mais nítidos, à medida que, cruzando a ponte, a neblina vai levantando e se torna menos densa.

O automóvel circula na faixa metálica da esquerda. Choveu há pouco um aguaceiro breve e os pneus vacilam. Entrar na cidade é pôr o coração entre parêntesis por momentos. Observo. Sinto. As gruas que avisto da ponte, a trepidação do comboio sob ela, o casario pobre em redor da muralha do Cemitério dos Prazeres, a Mouraria atamancada, o castelinho de brincar. Vejo e vacilo. Entro em Lisboa em apneia.

Lisboa? Começo no tempo em que ainda não vivia na cidade, mas, sem saber, nas suas franjas. Que era, então, a capital?

Habitávamos a margem, mas não o sabíamos propriamente. Sermos suburbanos não era ainda uma medalha, na puberdade, como se tornaria quando tínhamos dezassete anos. Éramos suburbanos, mas não sabíamos o que era não o ser. Quase não conhecíamos gente da nossa idade que vivesse na cidade. Então, adolescente, apanhava o comboio no intervalo grande entre as aulas da manhã e as aulas da tarde para ir ver montras na Baixa com amigas. Tínhamos pouco mais de duas horas e ninguém nos sabia nessas andanças. Mentíamos. Dizia em casa que ia almoçar a casa de uma e doutra. Na cidade, havia o que não havia perto de casa, botas de plataforma, batom com purpurinas, rímel azul. Sonhava viver ali, perto dos Restauradores, por onde caminhava com a mais plena segurança, mal saía do terminal de comboios. Talvez porque vivia longe, a cidade era mais uma projecção do que um existente concreto. Ali, poderia um dia vestir o que quisesse, pintar o cabelo, palmilhar a calçada de sapatos de salto alto vermelhos. Ali, enfim, o paraíso com que sonhava no meu quarto, o fim dos adultos ou de ter de lhes prestar contas, o fim dos exames e das aborrecidas explicações de matemática, o fim de não ser senhora de mim.

Onze da noite, começo do verão. Penso em Lisboa desde a margem sul do Tejo. Todo o tempo, enquanto traço estas linhas, a cidade está ainda à minha frente, arquétipo mental em que uma linha une vários pontos cardeais. As casas onde vivi e as ruas onde ficavam. Lugares-chave, jardins, cemitérios, igrejas, atalhos, baldios, estaleiros de obras, estações de metro, terminais de autocarro, retrosarias, mercados, chapelarias. Abstraídas do seu lugar, as linhas projectam-se diante de mim num poliedro pairante, um fruto único, em que os lugares são pontos e os pontos a origem das arestas. Não é Lisboa, com as suas ruas. Não encontro nesse fruto nenhum nome que reconheça. Porém, diante de mim, o poliedro paira, é ele Lisboa, cidade monstro, abortada. As cidades estão para cada um como as personagens para as pessoas. Quando digo Lisboa não me refiro à capital do país, ao lugar onde vivi, àquele a que regresso. Mas a essa massa igual a nenhuma outra, a esta visão na minha mente diante de mim, neste exacto instante. Os lugares também são personagens e, enquanto tal, fazem-nos sofrer ou rir como nos fazem as pessoas.

Nada hoje se assemelha à chegada alegre do passado. Costumava, por um tempo, entrar na cidade de autocarro e palmilhar o Rossio e a Rua do Ouro com um amigo da minha idade. Tinha doze anos. As ruas eram mais vastas do que me parecem hoje e caminhar por ali parecia-me a corporização da liberdade. Só caminhei como John Coltrane tocou enquanto não soube quem era. Talvez o que se passou foi ter-me tornado, sem dar por isso, um dos guetos dessa cidade.

Pouco a pouco, respiro. Vejo Lisboa do outro lado do vidro do carro. Aqui sonhei um dia agarrar o agora, e sou estrangeira. Aqui deixei a minha alma e já não conheço o lugar de nada. Consigo situar o dia exacto em que um guardião da cidade me fez sinal de que Lisboa fechara. Estavam dezenas de pessoas na rua e ninguém deu por ele a não ser eu. Veio direito a mim e deu-me um murro na cabeça, à porta do Minipreço do Conde Barão. A Polícia Municipal, que ali passava em patrulha, perguntou-me se queria apresentar queixa. Mais dois minutos e o louco borrava-se de medo.

Havia pouco, aquilo que lia nos livros tinha ganhado vida. Passara anos entre mortos, a ler sobre paranóicos, sobre longas crises nervosas transformadoras, relatos de Jean-Jacques Rousseau, David Hume, John Stuart Mill, que sublinhava e tentava entender, com enorme curiosidade. Não podia saber que, meses depois, enlouqueceria da noite para o dia.

Ao longo de um regresso à luz, após essa tragédia, na lentíssima reconstrução de anos de uma casa para a alegria, a bonança era posfaciada por prolongados apodrecimentos, de flores numa jarra, primeiro arranjada com entusiasmo, de migalhas no fundo da gaveta dos talheres, de roupa por lavar há demasiado tempo. Havia que recuperar deles. Corriam na casa como um baixo contínuo, perturbado por gozos breves, a passagem de uma procissão à janela ou do louco da vila pela rua, anunciando-se com gritaria, a visita de amigos ou a compra de um caderno novo.

O que é odiar a cidade, pergunto-me, será que apenas se odeia o que não nos admite? O que são as migalhas, a roupa suja, o bolor de Lisboa? Poderemos testemunhar a sua lenta transfiguração numa coisa diferente? Dou-me conta de que, ganhando uma nova casa, de novo fora da cidade, onde me recomporia, nos tornávamos as migalhas de pão no fundo da gaveta da cidade, apodrecíamos no lugar que já não havia, fugíamos à bactéria urbana, enquanto refazíamos a vida, cavalgando o cavalo da rotina, muito longe do centro. Como saber aquilo de que nos vamos tornando o apodrecimento enquanto fazemos por acordar? Pode ser que não me tenha conseguido apagar da cidade apenas porque me decidi a isso, que, voltando lá, não tenha como não respirar do cheiro a queimado que larga a minha reconstrução noutro lugar (e se diz que é a aragem do limo do Tejo e os fumos da torrefacção do café, quando o vento está de feição).

Convalescer é belo e horrendo. Regressei da loucura sem ter feito nada por isso, recuperando a lucidez como a perdera, do dia para a noite, passados três meses. Havia enlouquecido da noite para o dia, numa madrugada de outono. Na manhã seguinte, levada em braços para o hospital, adormeci para apenas acordar passado um mês. Uma vez acordada, as dunas haviam mudado de sítio, como depois de uma tempestade de areia. O deserto lá fora era o mesmo, porém, dentro da tenda de lona foi quem pernoitava que mudou.

Confrontada com o regresso da sanidade, poucas vezes me pergunto porque tive essa sorte. Se existe milagre, ele não reside nas partidas e nos regressos, mas em haver quem nos espera desconhecendo quem regressará. Ocorre-me o que teria acontecido se tivesse vivido noutra época e não pudesse beneficiar dos avanços da psiquiatria. Hoje em dia, é comum que as crises sejam passageiras e se recupere a sanidade passado algum tempo, havendo que seguir uma disciplina estrita na toma da medicação e nas idas à terapia. Mas mesmo estes factos não afastam de mim a sombra da louca da terra que eu seria, se tivesse nascido noutro tempo, um pouco como se estivesse contida em mim a memória do que seria a minha vida, fosse eu ainda a mesma. Viveu em Lisboa, há não muitos anos, numa das ruas barulhentas por onde eu costumava passar diariamente, uma jovem enlouquecida, que se rodeava de lixo na paragem de autocarro onde dormia. Com o passar dos meses, o lixo acumulado na paragem tornou impossível que ali se aguardasse pela chegada do autocarro, parecendo antes que um foco de permanência eclodira sob o tejadilho do que era um ponto de passagem, lançando ao passeio em redor um cheiro pestilento. Tinha a cara de uma boneca de porcelana e, mesmo alheada, um sorriso belo e simples, aparentemente saudável. Ela aparece-me de noite, deitada no chão meio nua entre os sacos, o cartão e os cobertores sujos, lembrando-me a vida que não vivi. E então, atordoada, julgo tocar na sorte que tenho por ser deste tempo, sem saber bem o que significa tocar nessa sorte, pois também a jovem louca me é contemporânea.

O futuro da pessoa que sou é um pouco mais incerto do que o da maioria. Estou apenas a caminho de a perceber. Chegou à minha vida consumindo a minha fé na esperança de me chegar, e de a chegar, a entender. Regressei sentindo-me traída por Deus, como acontece a muitas pessoas crentes e não-crentes que adoecem. A razão de ser disto, porém, não foi a de sentir que não merecia ter adoecido, mas o véu de ironia com que a doença se manifestou, desdobrando-se, como está previsto, em sintomas que facilmente se confundiam com anúncios de felicidade. Se existe alguma coisa de horrível numa doença que nos leva a acreditar que somos deuses, é ela se dar a conhecer como uma explicação súbita e poderosa para todos os enigmas, levando-nos pela mão até à luz, para nos lançar num alçapão. À medida que se instala, deixamos de saber dizer onde começa a doença e onde começamos, e também onde foi que ela começou, levando-nos a ponderar se muito do que julgávamos ser não seriam sintomas.

Do outro lado do silêncio, encontrei a pessoa que escreve estas linhas. Uma deu lugar a outra, embora a outra permaneça. Espanta-me a todo o momento, tomando a opção incerta, e amedrontando-se. Troca-me as voltas quando penso que a percebo, tal como acontece a alguém que conhecemos de uma vida inteira. Sendo ela eu, tendo parte de mim sido engolida pelo silêncio, não sei sequer como posso chegar a dizer que a estranho. É como se dentro de uma pessoa nova estivesse uma outra, à beira de morrer. E a pessoa, no fim, ficasse como um cheiro esquecido que, por vezes, acorda. Não sei ao certo quem diz "a pessoa que escreve estas linhas". Quem fui é hoje uma pessoa sem lugar. É a desinência de certos instantes, para logo se escapulir. Mas podemos ter como inquilino uma pessoa sem lugar e, aos poucos, deixar de ser o lugar onde ninguém habita.

Fala uma oitava abaixo. Move-se devagar. Teme a velocidade, treme. Teria sido ainda mais estranho que entre uma e outra mulher tivesse havido um lapso de tempo. Mas ainda que ela apenas me tivesse surpreendido no fim de um caminho, vejo que entre vesti-la e despi-la não passou nem um minuto. A mulher que fui não me suscita saudades, porque quase a esqueci. Reconstituo-a, contudo, como a um passeio por um lugar onde nunca estive, e não por uma das ruas da minha vida.

O silêncio roubou-me a inocência. O contrário da inocência consiste em saber que não posso conhecer a pessoa que sou há dezasseis anos, que tenho de a carregar no saco. Carrego uma bomba no saco, que ninguém me diz quando vai explodir. Sou a mulher-bomba. Sei tanto sobre a bomba como do percurso que tenho a fazer agarrada a ela. O meu pequeno mundo é agora uma bomba que não controlo.

É o contrário do humor, embora não tenha deixado de rir enquanto estive em silêncio. O fundo de riso que possa haver na vergonha, a que começa quando começamos a seduzir os outros, espreitando detrás da saia da mãe, escapou-se então para algum lugar. Em sua vez, passou a presidir a gravidade do medo e do cepticismo, irmãos tresmalhados de uma primeira forma de malícia. De onde me viriam as gargalhadas que eram, junto com os soluços e os espirros, os poucos sons que se me ouviram ao longo de 2009? Gargalhadas de terror, nervosas, de julgar que alguém morreria se eu abrisse a boca, que, à minha palavra, fosse qual fosse, se moveria enfim a fractura que ameaça Lisboa, engolindo os animais e as pessoas num tsunami. Ai de mim fazer uma graça enquanto estive do outro lado, ai de que rissem de mim, ai da mártir.

Ao longe, dou de caras com a melancolia como uma prostituição, e concluo que gargalhar é a única sombra que vale a pena ter. Vejo que tenho de chorar até encontrar a gargalhada do outro lado, como encontrei esta aqui ao fundo do silêncio.

Ver-me de novo pela rua, julgando-me um morcego, gozar com a toalha turca enrolada num turbante à minha cabeça, sorrir da pessoa que não fui, da que já fui, da que virá. Em vez de me ver perdida, sinto que enquanto me rio estou perto de Deus, o grande bobo, o que faz cócegas, e me atiça. E longe de me deixar mover pela tentativa da oração perfeita, move-me a possibilidade da melhor anedota de sempre, aquela de que não regresso, tendo chegado a ela ainda em criança.

Vejo o Senhor do outro lado, pernas da mãe à frente, só se vê barba. Faço-lhe olhinhos e esgueiro-me atrás da saia rodada dela quando me põe a língua pontiaguda de fora, como ao longo dos meses em que, pensando viver a minha vida, seguia pela estrada fora de me perder, na despedida da mulher jovem que deixei para trás, sem tempo de acenar com um lenço à sua partida. Ele é o adulto de visita, o que se encontra na rua onde sigo com a minha mãe ao meu lado, o que se mete comigo dizendo "tão envergonhada", apenas para me espicaçar. Nos meus melhores dias, vejo a chegada da loucura como este encontro fortuito com um adulto barbudo, destinada a ouvir dizer que me conhece desde pequena, quando dele já me tiver esquecido, cócegas de Deus, mostrando-me com um truque dos dedos que comeu o meu nariz.

Jesus ao colo de José, numa gravura. Deus há-de ter sido criança, há-de ter tido vergonha, há-de se ter escondido atrás de alguma mesa de marceneiro, como um cão medroso à entrada de estranhos em casa. E afeiçoo-me ao menino gordo e sujo, que inferniza o pai na carpintaria, e me faz rir. Fui levada pela mão pela infinita piada da ironia. O meu Jesus é o aprendiz de carpinteiro de mãos sujas.

Agarro no quadro de Jesus e José. No lugar onde estava o quadro, nota-se agora um rectângulo amarelado, que é uma mistura de sujidade com o resíduo que o verniz da moldura foi deixando na parede, impressão que posso limpar com lixívia, mas que agora admiro como se contemplasse uma nova obra feita pelo tempo. Imagino uma galeria de cujas paredes se retiraram os quadros, em que contemplássemos a nódoa que apenas podemos ver quando os depomos. Andaríamos por corredores vazios, contemplando o seu perímetro rectangular e encardido, como o que tenho diante de mim. Admiraríamos a nódoa da nossa guerra, apartada da intenção de dar a ver, e de admirar, a sujidade contemporânea da nossa passagem, pela qual não chegámos a lutar, nem nos batemos.

Estou de volta aos seis anos de um corpo e de um humor. Apenas me rio de graças infantis, e atiro-me para o chão aos gritos, se me fazem cócegas. Ando para trás contra a minha vontade, cada dia uma criança mais maliciosa. Vejo, no entanto, que é quando se está de novo perto de nascer que se encontra a idade adulta como aquilo para que a saúde não tem solução. O mal não reside na doença, mas em não haver remédio que me salve de ter crescido, ainda que a criança ao fundo me sorria como uma alma antiga e perversa. Se ser adulto é a doença, porque é da criança que morro todos os dias mais um pouco, apartando-me dos chamados da cidade, para me confinar a uma casa, a uma sala, a um quarto, a uma cama? Estou de novo num eu de menina, mas com o corpo estragado de uma matriarca que ainda não foi mãe. Longe de ser uma criança simpática e colaborante, apenas me atrapalha, levando a que me saia mal nos afazeres femininos em que sou esperada.

Longe de ser uma dicção, a criança é resistência. Não o que tenho a dizer, nem o que não consigo pôr por palavras, mas o atrito da vida adulta, a tentação de poder que acena a quem se queira fazer entender. E então vejo que me engasguei à beira de me emancipar, que crescer foi a migalha que me calou, e que precisar de ser adulta é, afinal, a minha doença. Não fantasio com a criança perene, a que se diz ser bom manter viva dentro de nós, e paro apenas para pensar que há que escolher entre dois males. Estar doente da criança, ou estar doente da adulta. Num mundo sem atrito, além da idade, nada haveria a dizer, e talvez esse silêncio também não fosse sem sofrimento.

Escrevo como se recuperasse a voz e não como se procurasse uma voz. De cada vez me esqueci a que soa ela, ou me soa estranha, como se, através do meu corpo trocado, soasse grave quando devia soar aguda, uma tuba que soa a piano. Cada batida no teclado ou rabisco num caderno novo prolonga o momento em que recomecei a falar. O que vou dizendo é, de novo, aquele dia à mesa, abanada por ele a cada parágrafo, exorcismos entre respirações. Vejo as frases correrem a folha, alinhadas como recriações do nosso almoço de família, o sussurro do diabo de novo contra os dentes. Vou ao contrário da procura, esperando ouvir o piano — e ouço a tuba. Ela fazer-se ouvir apenas por esforço é um trabalho. Não me ponho à espera dela, como se me coubesse paciência ou concentração. Faço-me entender como se rabiscando o bloco de notas que o afónico tem por perto, e deixando de precisar de o fazer, soltasse, imprevistamente, uma sílaba audível. A frase que fica a meio no bloco era a que queria, a que abandonei tomada pelo regresso da habilidade de dizer. Depois passou, limpo a garganta, e a confusão em que não conheço quem fala pela minha mão assoma. E novamente o que é inteiro está partido, e há que começar tudo de novo.

E então julgo entender que a frase deixada a meio no bloco de notas, a que deu lugar ao espanto de perceber que não preciso mais dele, era o espírito do que escrevo. Conseguiria ler o que aí escrevi? Certo não era sair da gaveta, o que ficou na gaveta, e ficar nela, é que estava certo. Se há algum esforço é o de resgatar esse rabisco, e torcer para que a morte de cada encarnação da minha voz paire sobre cada frase nova, como a nuvem cinzenta que é a criança velha de que gostaria de me livrar. O livramento seria, enfim, belo. Livrar-me da nuvem e, mesmo assim, molhar-me nela. Até o partido é capaz do inteiro, haja o que o molhe, haja o que o seque.

Não sei se o estilo é a mulher, porque não sei quem é a mulher. O que escrevo muda se estou ansiosa, deprimida ou eufórica, se me sinto perseguida ou chegada a casa. Nada disto é diferente, imagino, do que acontece a qualquer pessoa. Mas não sei apontar para a maneira como escrevo, não sei como escreve a Mila sem medicamentos, nem o que são medicamentos no modo como escrevo.

Pego num texto anterior a medicamentos, e dou com o fôlego da minha escrita passada. Não me parece ter sido escrito por outra pessoa, mas apenas que passaram entre mim, ela e ele muitos verões. Encontro no texto uma impressão sua, como não encontro em nenhuma fotografia. Estou perto dela como nem à custa de qualquer esforço de memória. Sei de perto o que custou pôr cá fora essas páginas, que me saíram como se tendo de transpor um túnel escuro, sinto-as como minhas, e até me consigo orgulhar delas.

Seria mais simples se as lesse como tendo sido escritas por outra pessoa. Seria mais fácil se as estranhasse. Porque me é estranho que tenha sido eu a lançar-me ao mar no Guincho, nessa outra vida, e não me estranhe na página que leio? O que custa é achar que fui eu que as escrevi e não haver modo de me transportarem à vida de onde brotaram.

Leio-as, contudo, como tendo sido escritas por uma pessoa que não viveu, como se não fossem páginas da rapariga que ia à praia. E, por isso, sentindo-as, porém, como familiares, desagarro-as da vida de onde vieram, como se nunca tivesse chegado a ser vivida por ninguém. São páginas de alguém que existiu apenas por escrito, uma mão sem alma que as tivesse deixado para trás. O que a mão escreveu ficou, mas o resto não havia, como se lendo-me não conseguisse conceber para mim uma vida anterior. Estranho a causa, mas não estranho o efeito. Da minha vida passada restaram obras não de autoria incógnita, mas sem autor. Mas como posso então sentir que o que escreveu a mão sem vida foi escrito por mim no passado? Como teria envelhecido a maneira da escritora sem vida, sem vida a que se agarrar? Nada mais doce do que pensar que não existi antes, e que não vivi antes de adoecer.

As páginas velhas de vinte anos persistem sem a vida que lhes correspondeu, e por isso há qualquer coisa no que fui que apenas existiu enquanto escrevi, o mesmo que se apagou de mim e não volta nem por um grande esforço, o mesmo que inexplicavelmente regressa como um tique ou um trejeito de linguagem no que escrevo agora.

No que escrevo hoje não consigo apontar o que sou eu. Não sei em que mão ponho o dedo, se o ponho na minha mão, se o que é a maneira de Mila é só a maneira do *Dogmatil*, até quando? Como escreveria se não tivesse a cabeça apertada num torno a cada manhã, como uma tábua à espera do serrote? Esta é a legenda e o salvamento da escritora sem vida a que quero renunciar. Legendo o que renuncio ter vivido, o mesmo de que me salvei. Não é lembrança, é cortar-me no serrote que não serviu ninguém, e nunca existiu. No sistema do delírio, eu sou outro.

3.
Fidel

Ouvi a voz de Fidel pela última vez em 1992, à porta da cave onde vivíamos. Voltámos a ver-nos depois disso, mas já não nos ouvimos. O edifício ficava na extremidade de uma rua que desembocava num baldio. Nesse começo de tarde, teria catorze, quinze, dezasseis anos, nada é claro, e imigrara para Portugal com os pais dois, três anos antes. A espiral de desespero que o conduziu à nossa porta, à qual me berrou para que o acudisse, batendo com vigor, estava longe de ser entendida pela menina que eu era. "Abre, Mila, abre, por favor. Eles vão matar-me. Abre, por favor. Abre que eu não te faço mal. Tenho muita fome." Parecia fugido a um gangue, ou à polícia, e era fácil imaginar que encontrara na nossa cave um esconderijo. Não precisou de tocar à campainha, porque o prédio não tinha porta. Ali, onde viviam os pobres do bairro, nas escadas sombrias e sujas, apareceu de surpresa, ofegante, quase gemendo, suplicou-me por "um pão com manteiga" e por um abrigo. Não sei de onde fugira, nesse começo de tarde nevoento, talvez primavera, talvez outono. A sua voz de homem apavorada assustou-me e, criança de dez anos sozinha em casa, tive medo de lhe abrir a porta e não abri. Foi a última vez que o ouvi. Que é a memória que tenho da voz de alguém a não ser a minha própria voz?

Do outro lado da porta, o meu último Fidel não foi o filho adoptivo dos meus avós, adoptado a meio da década de 70, vivia a minha família materna no Lubango, o meu tio mestiço, órfão, de balanço cubano e olhos egípcios, o nosso pequeno Fidel, o eterno comandante, o Fidel cheio de ginga, cobiçado pelas vizinhas, de tronco nu e blusão de cabedal desabotoado. Não. Do outro lado da porta, Fidel é tudo. Os momentos em que estive mal, os meus erros, os meus pecados por pensamento, palavras, as minhas — sobretudo — tantas, infinitas omissões. Do outro lado da porta, Fidel tem todos os nomes. É as pessoas que eu podia ter ajudado e não ajudei, as pessoas que não acolhi, todas, tantas quantas a minha cabeça é capaz de imaginar e lembrar da carteira da escola primária até ao dia de ontem, até caberem ali, do outro lado da porta, todas as caras e todos os corações, as minhas vergonhas e as suas máscaras, tudo quanto não confesso ao papel nem a mim, Fidel, do outro lado da porta, legião, os corpos, os nomes dos náufragos, bode expiatório da minha desonra, os momentos em que faltei com a minha palavra, por isso, do outro lado da porta, a bater em desespero, pam, pam, pam, pam, pam, do outro lado da porta estou eu e não Fidel, a pedir ajuda, desesperada, aflita, enquanto do outro lado, por medo, tremendo, ouvindo-me respirar através da madeira, recuso abrir a porta a mim mesma. Do outro lado da porta, estou eu a pedir ajuda para não arder no Inferno porque não abri a porta a Fidel. Eu ontem a tentar ser salva por eu hoje. Foi então esse dia o último em que ouvi Fidel, ou o último dia em que ouvi a minha voz, o último em que me pedi ajuda, terá sido a última hipótese que tive de valer a quem, a Fidel ou a mim?

Existe uma porta entre uma pessoa e ela mesma. Talvez Fidel seja o nome da porta que me separa de quem sou. Fidel, o intervalo, o soluço, o hiato, o gaguejo, entre mim e eu. De que forma hospedar outra pessoa — como acolher alguém? Ou devemos deixar que a pessoa nos invada, que ela se hospede em nós? A hospitalidade é dom ou doença? Virtude ou vírus? Fidel como hóspede amigo, surgido a meio da noite a pedir emprestados três pães, ou como peste, entrando dentro de mim e comendo do meu corpo, ou como uma garça alimentando-se no corpo do gado? Ajudar alguém será parecido com adoecermos devido à entrada dessa pessoa na nossa vida? Fidel, ou um nome para todos os que amei e perdi, nome para os gestos irrecuperáveis, as vezes em que os quis lá e eles já não estão? Fidel, ou esse filme mudo, que depois se esfuma, de esgares, olhares, partes de imagens, vidros partidos, reflexos cada vez mais esbatidos como sonhos que vamos esquecendo durante a manhã e primeiro foram nítidos, Fidel ou as mãos dos mortos que vou esquecendo, Fidel tio ou Fidel o meu irmão morto, que já só vive em mim no brilho dum olho que já não tem nada dele e é uma imagem mental de uma imagem mental, Fidel ou só a minha memória de Fidel, Fidel ou o meu morto que em nada se parece com o homem que ele foi?

Tanto tempo com Fidel na cabeça, que o vejo em todo o lado, nos rapazes das entregas, nos skaters pela rua, nos loucos do fentanil, berrando através da noite, compassadamente, nos retratos de Fayum, desenhados pelos egípcios, para darem cara às múmias, tanto tempo a fazer de Fidel um espantalho da minha cobardia, que a pessoa que ele foi deu lugar à pessoa que eu tenho pena de não ser. Nunca imagino a sua velhice. Em mim, Fidel tem sempre os mesmos vinte anos acabados de fazer daquele dia atrás da porta. Impedido de envelhecer, a minha imaginação não admite o sossego de Fidel. Permanece no pico da luz. A perenidade na qual o admito é, afinal, fugaz.

Revejo o nosso último encontro como um nascimento ou, talvez, uma danação, aquele em que, negando pão e água a um amigo, para sempre, e cedo demais, desbaratei o meu quinhão de graça, aquele em que não entendi que esse irmão era eu (e devia ter entendido? E isso não é pior ainda?). Por isso esta vontade de contar quem foi Fidel que me mortifica e persegue há vinte anos é vontade de contar a vida de quem, de redimir o quê, de homenagear que homem? O que há atrás da hospitalidade, aquela que é exigida quando acolhemos os outros na nossa casa, a mesma que enceno por escrito, quando a neguei em actos, o que esconde o momento em que damos a mão a uma pessoa em apuros? Ajudaremos a quem, a ela, ou a nós? Não sei ainda o caminho limpo até dar a mão a alguém sem me meter no caminho. Terei compaixão de Fidel ou pena desta conclusão?

Será que Fidel sou eu, será que quero abeirar-me dele para falar de mim e da minha vida? Será ele ou eu, "mulatos" de expiação, ele ou eu, a minha pele ou a sua, a sua sujidade ou a minha, a solidão do Fidel adoptado, ou eu a crescer em casa alheia, a doença de quem, minha ou a dele? Olho em diante, quero vê--lo, mas muitas vezes sinto que o biombo que me separa dele é aquele que me separa de mim. Então, pergunto-me friamente o que espero encontrar ao sondá-lo. Não me sondarei antes a mim, a quem sou, ao que foi feito de mim? Há na compaixão que tenho por Fidel o contrário de ter pena pela minha história, compaixão por essa história e vontade de me perdoar por ela como se houvesse o que perdoar. Sou fruto da era em que nasci, tudo na minha biografia pode ser reconduzido à história do meu país e do país do meu pai naqueles anos. Quando terá sido que Fidel foi apenas ele mesmo? Talvez na prisão, onde passou dezasseis anos.

E aí, pela primeira vez, vou além da porta, além das grades, além de mim, e perscruto o meu tio na sua cela do Peu Peu. Em que pensaria ele, como era o cheiro, como ocupava os dias e que pensamentos o ocupavam?

Aqui tudo é feio nesse fim do mundo onde vim parar. Eu sei que mereço, meu Pai. Não tem água, não tem luz depois das vinte. Trocava a minha mão direita por uma sopa quente e uma cama lavada.

Seriam coisas assim, pensamentos destes, as coisas simples, o que ocupava Fidel no cárcere? O desejo de uma sopa, de uma fronha limpa, de roupa a cheirar a lavado? Ou faria desenhos, os planos de construção da sua casa? Será que a desenhava? Será que a casa que morreu a construir foi sonhada dezasseis anos a fio pelo meu tio enquanto esteve preso? Que sonhou com as fundações, com o erguer das paredes, e imaginou a manhã em que montaria as janelas, duas não, três janelas grandes, em boa madeira, será que imaginou que plantaria uma horta nas traseiras, que a pintaria, de que cor?, e imaginou a mulher com quem viveria nessa casa, e que foi o sonho da casa e da mulher que o manteve vivo esses anos?

Para ver Fidel tenho de afastar da minha frente um monstro enorme, que é o pensamento de mim e da minha vida. E depois, atrás do monstro e da sombra do monstro, vislumbro Fidel, aos poucos, no fundo, no escuro. Tenho de me esquecer de quem sou, porque Fidel não é um morto — eu sou todos os meus mortos —, para ver Fidel tenho de me despir e entrar no túnel. Então, vejo-o, agora, sentado, contra uma parede de reboco magenta. Está sentado a uma pequena mesa em cima da qual há uma pedra e uma vela gasta. É ali que Fidel desenha e vejo os seus desenhos. É um homem feito, mas o seu traço é de um adolescente. Vejo que passou cinco anos a escrever sempre no mesmo caderno, desenhando por cima e por cima. Vem-me este pensamento, o mais triste, de que nenhum de nós foi alguma vez visitar Fidel à prisão. Durante doze, treze, catorze anos, Fidel não teve uma única visita. Fidel rabisca e desenha uma casa em cima de outras casas, sempre na mesma folha. O desenho dessa casa é o que impede que enlouqueça. E aqui já não sou eu. Entrei no quarto de Fidel. Estou de visita. E, por um momento, ainda que não conte para nada, Fidel não está sozinho.

Escrevo e entendo que não escrevo sobre não ter aberto a porta a um amigo ou sobre a porta que me abriram. Escrevo e entendo que escrevo sobre o meu hóspede, que chegou sem anúncio.

Ainda que não tenha dado por viver acima das minhas possibilidades, a coincidência entre a crise financeira de 2008 e a minha primeira crise psiquiátrica faz-me pensar se o que julgava ser a Mila não seria desde há muito doença, a exuberância, a queda para as grandezas, a húbris. Cheques em branco, diria um analista financeiro. Quero acreditar que não. De 2008 para cá, a minha vida baixou de volume, como a vida do país. De certo modo, fui também resgatada, sou-o domingo a domingo, em feiras de velharias onde me passeio em busca de quem costumava ser, nas bancas de reformados que, pelo preço da chuva, revendem os seus lavores e bugigangas, para pagar a factura da farmácia. É com dor de alma que vasculho esses enxovais, cumprindo uma moral improvisada de encontrar no gozo de respigar um antídoto para a pena e para a automortificação. Lamento o desbarato de objectos que custaram a reunir, feitos à mão para o serviço de ninguém, apesar de se destinarem a guarnecer nascimentos ou a chegada à idade adulta, deixados anos às traças, escondidos em arcas e gavetas, e hoje expostos, sem que se possa cumprir o seu destino de esquecimento. Sei que tento refazer quem fui, diante de um desperdício precioso do comércio da inutilidade, como se não soubesse que o tempo não anda para trás.

Um país pode não morrer da vergonha que lhe impingem, mas uma mulher talvez possa morrer da vergonha que se impõe. Reagindo à vergonha que a doença suscitou em mim, apaguei-me em 2008 até quase desaparecer. Seria em passeio pela sombra de Tomar, corria 2014, que encontraria a imagem adequada para o meu apagamento no convívio entre prazo e permanência, cortado ao de leve por transeuntes envelhecidos cruzando um rossio a que cheguei com um carteiro baralhado. A casa de penhores do outro lado da estrada fora um banco, "compramos ouro". É a minha vida desde o resgate. Estou em obras e para arrendar entre cafés vazios, turistas de passagem e o ocasional berço empurrado pelo único casal jovem da Terra.

A melhor metáfora para o meu estado é a crise sobre o país onde vivo. Não consigo senão sorrir, quando se debate a estabilidade ou a reestruturação da dívida, engasgada com o caroço da ironia de não poder restabelecer-me sem Portugal à perna, na sua convalescença soluçante, julgando encontrar em todo o parlamentar e ministro da nação o adequado representante do meu humor. Não se fala a não ser de mim em todos os canais, jornais e até em despachos, pactos e moções de censura. Levada pela língua omnívora da paranóia, arrisco que o rosto da miúda que procuro é a mesma ironia de que fujo e caça primeiro quem mais a repudia, fazendo-me o doente da cama ao lado daquela em que o país agoniza, visitados ambos por primos e tias que arruinam as nossas cartadas da tarde prolongando a hora das visitas, quando queríamos escapulir-nos à saída de emergência para um cigarro às escondidas das enfermeiras. Falando baixo, lamentam o nosso olhar vago e piscamos o olho um ao outro, tendo a ideia apenas na cerveja que vamos beber no bar, no nosso aguardado fim de tarde com vista para o parque de estacionamento, em que até parece que o sol é por uma vez o de Lisboa ao crepúsculo, as primeiras estrelas salpicando o Tejo com uma luz faiscante. Felizmente lá se vão, esperando nós que não regressem, deixando sobre a cabeceira que partilhamos uma Nossa Senhora que brilha no escuro, panados e pastéis de nata, que deixamos a ganhar bolor numa marmita, porque nós gostamos mesmo é de comida de hospital. Que bom seria desembaraçar-me do meu companheiro de enfermaria, mas uma pessoa é quem se salva junto com ela. Nada fala tão alto como um salvamento, nem se conhece a alguém melhor que a quem se ouviu falar sozinho. Topando aquele duque encovado entregue aos meus encantos, como à sombra de um plátano num jardim municipal, desejo às vezes vê-lo cair morto sobre o baralho, pensando que o maluco é ele, e que eu estou fresca. Outras vezes, apanho uma pena no chão do pátio para lhe enfeitar a lapela.

E se tivesse sido diferente, se Fidel fosse não o homem, mas o santo — e tivesse atravessado a porta que não lhe abri e entrado em casa? O que teria sido de nós se, por milagre, Fidel fosse a visita e eu a criança visitada?

Procurando reconstruir a vida de Fidel talvez procure reconstruir a minha. Talvez o apelo de juntar os cacos da vida de Fidel e voltar a colá-los seja um impulso para apanhar do chão o que resta de mim e colar o que se partiu. Como restaurar uma vida quando tudo se perdeu? Uma pessoa é uma colagem. Fidel é hoje, na família, mais um suspiro, um lamento, do que uma pessoa. Poucos estão certos das suas circunstâncias ou da sua contingência. Viveu entre nós, mas, volvidos quinze anos da sua morte, pouco se sabe. Como todos os que morrem jovens, há pouco material tangível ao qual a nossa memória possa agarrar-se. Para mim, ele é dois olhos pretos, brilhantes, e o cabelo preto a enformar a cara oblonga. Se calhar, lembro-me do seu hálito, mas o esforço por reconstituí-lo é tamanho, que provavelmente o hálito que me ocorre é inventado. A sua vida foi cortada por uma faca e, então, como restaurar esse golpe, pergunto-me, como fazer Fidel renascer aqui, na página, como pô-lo à nossa frente de novo, revejo-o e é cacos partidos, o pedacinho da carta que me enviou, duas linhas numa mensagem da sua irmã, o rastilho ténue dum cinto contra uma parede, a luz desenhada no soalho do corredor, agora, que não existem as casas onde viveu nem a casa que ele deixou a meio, como posso eu restaurar Fidel, dar-lhe sossego, senão inventando-o?

    Uma colagem não é uma mentira. *Disjecta membra* é quanto sobrou de Fidel, resgato-lhe um braço, uma perna, uma ferida, a sobra da sobra da sobra de um gemido. E colo por cima as minhas dores. Se os outros são colagens, nós somos a cola. Quero erguer Fidel e ergo apenas um monumento ao modo como não somos capazes de honrá-lo, apenas um reflexo da nossa inépcia em lembrar, e faço-o sabendo-nos a todos condenados ao esquecimento, sabendo-nos a todos cadáveres de antemão. Sei a fundo que o fundo do mar é onde estão os ossos de todos nós.

Mesmo assim, continuo. Acredito que atribuímos sentido às partes que restam quando nada mais faz sentido, que nos agarramos a essas partes e fazemos delas as nossas próteses.

Muito tarde no projecto do livro, pensei, porque será que lhe chamo doença, que me assumo como doente, que me deixei ver assim? Ocorrem-me outras palavras possíveis, parâmetro, inclinação, divergência, paixão. Porque será que aceitei que sou doente e o que terei aceitado ao aceitar essa identidade? O que terei perdido, por aceitá-la?

Olho as imagens do Hospital Miguel Bombarda, de José Fontes. Mostram homens e mulheres na rotina diária, enquanto fazem a barba, conversam na cama. Uma das mulheres tem o cabelo húmido, talvez tenha tomado banho há pouco, está na fila para receber a medicação. Na cantina, os homens comem a refeição à mesa com colheres de sopa, não usam garfos para não furarem os olhos, como observou Maria Velho da Costa, em *Português, trabalhador, doente mental*.

Noutras fotografias, os pacientes estão prostrados, sedados. Todos vestem batas, que os despersonalizam e desapossam. Todos, eles e elas, parecem assexuados. José Fontes fotografou duas gaiolas na enfermaria. A fotografia é muda, mas imagino o canto dos periquitos ou dos canários a ecoar nos corredores de mármore.

Este é um recorte do meu futuro paralelo. No futuro paralelo, o meu destino é a prisão.

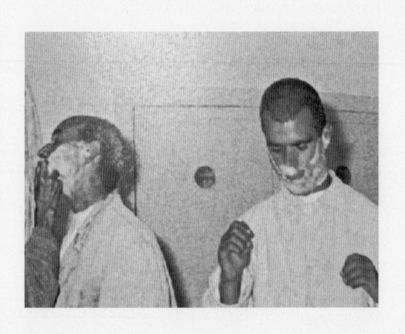

Pergunto-me se com a pessoa antiga se foi também o meu sentido de decoro. Se não devia vigiar o que não dizer, agora que voltei a ser capaz de falar por mim — e abster-me de falar do que vivi. A todo o instante, estou na corda em movimento dessa dúvida, como uma trapezista. Olho pela janela, nada de novo sob o sol, os dois carvalhos ainda de ramos descobertos, o cão da vivenda em frente, para lá de um portão, ladrando a tudo o que mexa do outro lado. A santa indiferença das coisas, que não sendo uma desculpa, é o gás onde tudo mexe e faz a sua vida, absolutamente alheio ao que quer que eu vá dizendo, comoções, conquistas, encenações, vinganças. E penso se não estou como o cão da casa em frente, imaginando poder guardar o meu decoro como a uma moradia, confundindo passos com ameaças, deixando-me levar pela vibração do som da vida no ferro verde que, não deixando o cão ver a rua em redor, o tem preparado para ladrões que nunca aparecem. Não me comparo a ele por pensar que não poderia guardar para mim o que não dizer, ou por imaginar que não me caiba decidir sobre isso. Mas ao ouvir o cão ladrar, vejo que a corda em que me equilibro não é a da dúvida, mas a do indeclarado que permanece, ainda que pareçamos dizer tudo, mantida firme por uma força que vem do lugar de onde viemos todos. Não me sinto minimamente fortalecida, apenas no número de trapézio de ser de novo uma pessoa.

Na cela da cadeia do Peu Peu, onde dormiu mais de uma década, Fidel chorava a mãe e o pai que tinha tido e a mãe e o pai que não tinha conhecido. Depois, nos primeiros anos, deitava-se e dormitava o dia inteiro. Essas horas de silêncio, a tentar abstrair-se do cheiro nauseabundo, vindo das latrinas, e logo embalado nessa pestilência, drogado nela, nessas horas Fidel convocava um tecido de imagens, que foi ganhando um padrão e repetições. Ao longe, primeiro com esforço, via um grande relvado parecido ao de um campo de golfe, num lugar onde nunca havia estado. Via-se a si no meio do relvado, deitado como estava, de barriga para cima e olhos fechados. E então abatia-se sobre esse Fidel no relvado o mais profundo cansaço, um cansaço imenso, como se descansasse então de carregar todo o peso do mundo. Não era um sonho, mas uma visão, como outras, que se foram repetindo. Uma mansão na costa, aberta ao mar, onde se via nadar numa vasta piscina. Um cão a engolir de uma vez uma carpa gigante, que o queria atacar. O mesmo cão encontrado depois de Fidel sentir que o tinha perdido. As costas ensanguentadas de uma mulher. A mala de um carro, carregada de armas. E eram imagens cortadas pela ideia de sons fixos e frases repetidas, palavras como "condenado", o número dezasseis, ouvido ao juiz que lhe ditara a sentença. Tentava convocar a voz da irmã, do irmão, dos primos, mas a cada semana, por maior que fosse o esforço que fizesse, foi perdendo contacto com as vozes da sua vida.

Não queria abrir os olhos e, por muito tempo, julgaram até que ele cegava, porque passava o dia sem comer, de olhos fechados. Só de noite se levantava, porque no escuro era-lhe mais fácil confrontar a ideia de que o aguardavam dezasseis anos na mesma cela.

A vida lá fora — que fariam os outros, enquanto, perdido em imagens, Fidel se deixava abraçar pelo esquecimento e uma imensa tristeza? De olhos fechados, convocou a imagem da irmã, que, àquela hora, estaria a sair para o trabalho. Viu-a vestir-se, tomar um banho, ouviu a água do duche. E a ideia de um corpo limpo atraía mais e mais imagens na sequência, uma visão nítida da carteira, uma maçã sobre o prato, a toalha branca sobre a mesa. E como se jogasse um jogo, ou desembrulhasse um mapa, punha a irmã a caminho do trabalho, numa rua que conhecia e não conhecia, e, depois, a irmã no escritório onde ele nunca entrara, os minutos do seu dia, tentando focar mais e mais perto do rosto dela até ser capaz de lhe distinguir os poros, sempre com os olhos fechados com muita força.

E, nesse esforço por se abstrair do lugar onde estava, a certo ponto, esqueceu-se de onde estava, como se esqueceu de que era ele quem convocava as imagens que acabara de ver, porque elas se tinham tornado a tal ponto nítidas que, afastando o braço do corpo e estendendo-o, quase tocava na mão de Esther.

Chamavam-lhe o cego por causa dessas horas, absorto, e porque só se levantava de noite, como se visse no escuro. Tinha a ideia de que, se não enfrentasse o dia, o tempo passaria mais depressa ou seria mais fácil.

A primeira imagem é a de uma multidão de amputados, na berma da estrada, agarrados a canadianas, cajados, arrastando--se. Angola, Guerra Civil. Chamavam-se "amputados de guerra" e pertenciam à vasta população de deslocados, fugidos a pé das províncias para Luanda. Eu era criança e custava-me olhar as suas feridas, às quais os próprios pareciam ter-se acostumado depressa. A maioria eram homens, muitos deles ainda muito jovens. Haviam perdiam uma perna, ou ambas, nesse caso faziam-se deslocar impulsionando o corpo pelo chão sujo com o próprio peso. Traziam os cotos dissimulados em rodilhas de sarja ou algodão sujo de sangue e de terra. Às vezes, tinham menos um braço, ou nenhum. Ninguém parecia repugnar-se ou estranhar os amputados. Caminhar por Luanda, naquele tempo, vinda da Europa, obrigava a tocar a superfície de um estranhamento a respeito da superfície. Aquele era o meu lugar (ainda que ali estivesse apenas de férias), tudo me era estranho, a tez dos transeuntes, próxima da minha, as cicatrizes dos corpos, causadas por doenças que não conhecia, os órfãos nas ruas, os albinos, que nunca vira. "Contempla a tua gente."

Na segunda imagem, ando no liceu. Vamos a casa de uma colega, cuja mãe lê a sina. Ela agarra a minha mão esquerda e observa com atenção a linha da cabeça, que está partida em duas. "Por volta dos vinte e cinco anos, sofrerás um tremendo problema de cabeça, que dividirá a vida em duas partes. Haverá um antes e um depois, mas, descansa, acabarás por recuperar."

Na terceira imagem, uma das pontas soltas da linha da cabeça é um precipício e, antes de retomar a estrada, despenho-me.

A constatação de que nos parecemos incrivelmente com um doente leva-nos a perguntar o que seremos de facto, para lá da doença, se é que existe alguma coisa para lá dela. Poucas coisas são tão insuportáveis, à primeira, como percebermos que as franjas da nossa personalidade estão explicadas algures num livro. Ter a humildade de aceitar que nos assemelhamos aos outros é, no entanto, a única coisa de bom que a chegada da doença traz consigo, obrigando-nos a encontrar, no que tínhamos como pessoal, uma semente deles em nós. A desgraça de adoecer não é aliviada, de modo algum, por encontrarmos em nós essa semente, muito pelo contrário. A maior parte do tempo, e sobretudo à medida em que nos recompomos, não há nada tão tremendo e horrível como carregar essa semente.

Não sei o que aconteceu dentro de mim enquanto quase não disse palavra. Todos os órgãos do meu corpo parecem ter funcionado normalmente. Não ouvia ninguém falar aos meus ouvidos. Cresci dois centímetros. Ganhei alguns quilos. Tinha uma ordem para não abrir a boca que nascia e se cumpria na boca. Sem que tivéssemos tido ocasião de nos despedir, contudo, deixei para trás quem fora até então, uma pessoa cujo corpo carrego ainda com algum espanto, mas cujo espírito e memória se ausentou. Fui tocada pelo mistério da doença, no qual entramos como quem chega a uma estalagem no deserto, e é pelo conforto da chegada esquecido daquilo por que passou para lá chegar. Mas há que abraçar o mistério e reconhecer que, desconhecendo onde estive calada ao longo desse ano, já não posso dizer bem quem sou, nem aventar seja o que for a meu respeito.

Comecei por dizer pouco ou nada, sussurrava. Não conseguia conversar, embora tivessem passado apenas poucos meses. E não sabia mais escrever, como pôr as palavras ao lado umas das outras, nem o que dizer. Repetia "honestamente não sei" a tudo o que a minha companhia me perguntasse. Não sabia escolher por mim. Poucos dias calada reconduziram-me à puberdade. Deixei de saber lidar com o meu corpo, ao mesmo tempo que perdi a minha mão (corpo e mão, um único animal). A mulher que fui não me suscita saudades, porque quase a esqueci. Reconstituo-a, contudo, como a um passeio por um lugar onde nunca estive, e não por uma das ruas da minha vida.

Fidel nasceu em 1971. Contaram-me que foi no Cunene, no sul de Angola. A sua mãe era cuanhama. Este é o único dado constante das suas várias biografias, provando que a mãe é a nossa única coisa certa. Os testemunhos divergem quanto ao pai e quanto à morte da mãe, que aconteceu quando o bebé tinha poucos meses de vida.

Numa das primeiras versões que ouvi, ou numa das primeiras que inventei, Fidel havia sido encontrado numa aldeia em chamas, após um massacre, pelo meu pai e a minha mãe, ali destacados em reportagem. Acreditei nesta versão dos factos desde criança, não sei dizer quem ma contou. Mas ao longo da minha infância, imaginei a dupla de repórteres — Quim e Helau — chegados à aldeia. Vi-os a ambos desnorteados perante o cenário apocalíptico, as cubatas em chamas, os habitantes decepados, o cheiro a munições e a capim queimado, imaginava o desnorte dos meus pais, apanhados de surpresa pela calamidade acontecida horas antes, a tropeçarem nos cadáveres, as partes de corpos negros despedaçados, miolos, entranhas, via a minha mãe e o meu pai, um microfone e uma câmara de filmar, que não sei porquê os via empunhar, um bando de pássaros debandando, é manhã cedo. E, no meio da barbárie, um bebé a chorar, como no primeiro choro, e o meu pai tira-o das costas da mãe e põe-no nos braços da minha mãe, que logo o chama Fidel, como fariam caso a minha mãe tivesse acabado de dar à luz esse menino e ambos tivessem conhecido o seu filho pela primeira vez, levado então para casa dos meus avós, e aí salvo da morte, num acto da mais pura compaixão.

Tenho a certeza de que a história foi corroborada pela minha mãe vezes sem conta e até pelo meu pai. Sabendo-a agora mentira, imagino que tenham querido apresentar-me uma versão consoladora do nascimento de Fidel, em que ambos desempenhassem o papel de heróis, efeito que este mito logrou em mim muitos anos.

Mas há um dia em que os pais deixam de ser heróis e esse momento não tem retorno.

Helau e Quim pareciam empenhados nesta mentira e em esconder-me a origem de Fidel. Mas qualquer coisa neste mito da origem, que eu mesma fui difundindo pelos meus amigos como se espalhasse os feitos de uma dupla de descobridores, escondia a verdadeira história de Fidel e apenas lisonjeava os narradores. Era curioso que nesse mito os meus pais se colocassem numa posição se não de progenitores, quase de responsáveis pelo menino. Quem sabe respondiam ao facto de que Fidel podia bem ter sido filho da união entre ambos, Helau, uma jovem mulher negra, Quim, um jovem branco. Quem sabe na família de acolhimento de Fidel — e na casa dos meus avós negros, por quem seria criado — Helau e Quim fossem se não os pais adoptivos, pelo menos os pais lógicos do menino mestiço. Não sei se o mito da salvação nas chamas de uma aldeia massacrada foi contado a Fidel alguma vez. Julgo que não. Mas unia o meu pai e a minha mãe, junto de mim, numa cumplicidade que nenhuma outra história sua alguma vez manifestou.

Nunca sequer me dei ao trabalho de confirmar as datas. O meu pai nasceu em 1957, a minha mãe em 1958. Em 1971, Joaquim tinha catorze anos, Laurinda treze. Agora que, para não me enganar, uso uma calculadora para calcular as idades que teriam, sinto-me uma vez mais enganada, porque as datas desfiguram não apenas esta, mas todas as versões da história de

Fidel que alguma vez me foram contadas, mesmo as mais verosímeis. Teria bastado fazer as contas para perceber que os meus pais não só não eram heróis, como eram mentirosos. Mas, se assim for, quando nasceu — como — quem é Fidel?

O egoísmo levou-me muitas vezes na vida a pensar que alguns mitos da minha família só me foram contados a mim. Não sei se me agarrei a esse pensamento para me sentir especial, mais do que uma vez. Reconheço há muito que devo a uma linhagem de mitómanos a minha inclinação ficcionista e passei a desculpar as suas muitas mentiras, algumas a meu respeito e a respeito de todos os factos decisivos do começo da minha vida, por entender que a mentira serviu para atenuar o sofrimento dos meus progenitores.

Eu e Fidel somos irmãos, primeiro, porque ambos nascemos na mentira. A sua origem, como a minha, é um segredo que sempre nos foi ocultado, no seu caso, porque jamais se reconstituirão as condições do seu nascimento e da sua chegada à família de adopção, no meu, porque os meus primeiros seis anos de vida são uma nebulosa que desisti de perscrutar. Fui mais feliz do que Fidel no modo como inventei um meio de viver com a mentira. Fidel sufocou nela e nunca mais foi feliz.

Se em 1971 a minha mãe tinha treze anos, então não podia trabalhar na rádio na altura, como reza a segunda das versões da história de Fidel, contada e recontada por Helau.

Em que circunstâncias terá então Fidel chegado a casa dos meus avós? Quem é ele? As hipóteses acumulam-se e uma delas agita-me. Poderia Fidel ser um filho da minha mãe, ou um filho ilegítimo do meu avô, e a história da sua adopção a forma de esconder esse segredo?

"Escrevo a você pedindo da nossa parte que me acuda numa homenagem ao meu marido. Poderá a Mila contar a história do meu Fidel? Deus e os meus filhos ficariam para sempre gratos e para sempre a Mila estaria nas nossas orações." Falávamos por escrito, mas cada gralha de Cláudia, a viúva, era um pedido de socorro.

Prometi-lhe que sim, que o faria, sem revelar o meu espanto ou jamais dizer a Cláudia que desconhecia o "meu Fidel". Recebera cartas de Fidel ao longo de mais de quinze anos e eram bem explicadas. Decidira contar-me a sua história e fazia-o sem circunlóquios. Não sabia como dera com as minhas várias moradas, à medida que foram mudando, e nunca respondi a nenhuma, nem conseguiria, porque as cartas manuscritas vinham sem remetente. Contar a história de Fidel, como agora me pedia Cláudia, sabendo-me escritora entretanto, obrigava-me a confessar que nunca procurara descobrir o seu paradeiro, ou inteirar-me das condições em que vivia. Fora omissa, e não tinha, agora, outro caminho senão confessá-lo diante de todos. Que projecto seria esse, se o abraçasse? O compêndio das minhas vergonhas, crónica inteira da minha hospitalidade inexistente, a minha verdadeira cara? Virara as costas a um irmão e estava enredada na confissão pública dessa falha. Passou-me, passaram-me pela cabeça linhas avulsas das suas cartas, informativas como telegramas, reveladoras, por vezes, de uma ansiosa afeição pelo detalhe. As cartas de Fidel contrastavam com a memória dele que tinha e com o que ia sendo contado pelos próximos quanto ao seu rumo. Vinham narradas em versão definitiva, por uma pessoa que dispunha do tempo e do dinheiro para as escrever, isso era claro. Eram cartas em que não se pedia nada, escrituradas sem sentimento, embora movidas com a sincera vontade de me transmitir que eu fazia parte da vida do homem que as escrevia. Causavam um efeito estranho. Quanto mais perto o remetente me supunha, mais a experiência de as ler nos afastava. À medida que os anos foram passando, lia-as já como o pontual capítulo de um folhetim, cujo protagonista me foi dizendo cada vez menos.

Nada do que Cláudia me contou batia certo com essa correspondência, na qual ela nunca chegara a figurar, nem sequer como alusão remota, nem sequer nos anos do cárcere, em que, dirigindo-se a mim como "Minha querida irmã", Fidel me contava o quotidiano na cadeia do Peu Peu e listava planos para o futuro, desejos de refeições que lhe apetecia comer, nomes de jogadores da NBA, falando-me como se não tencionasse que eu o lesse, mas como se falasse sozinho.

Fora ele quem me dissera ter concluído aos trinta anos que chegava àquela idade sem saber quem era ou de quem era nascido. Disse-me, como outros mo disseram, que a razão de ser da sua vida era vingar-se do homem branco que havia abusado da sua mãe, de cuja violação nascera. A paternidade incógnita enchera-o de vigor, em vez de o fazer soçobrar, e, na mesma carta em que se dizia reconciliado com a ideia de que a vingança nunca se consumaria, articulava planos para a construção de uma casa de dois andares que pretendia erguer no Cunene, com os próprios braços. Nunca fui capaz, como disse, de procurar responder a Fidel. Contentei-me com tomar a sua correspondência como missivas do mundo dos mortos, que me surpreendera em várias fases da vida. A cada carta aberta, fui tendo a ideia de que a minha indiferença, mesmo que não me pedisse ajuda ou resposta, agudizava o meu cadastro e a avidez fleumática com que me escrevia. O que havia sido, ou foi sendo, a vida de Fidel, à medida que vivi a minha vida, até que a sua última carta chegou no último mês antes de eu deixar Portugal, pela primeira vez, sem bilhete de volta? Andara fugido à polícia, fora deportado, metido no contrabando, fora proxeneta, traficante de droga, vagabundo, enquanto eu cumpria o meu destino, de certo modo regular. Se éramos irmãos, éramos aqueles dois irmãos da minha fantasia, entregues à família dos pais, porém em zonas incomunicáveis dentro da mesma cidade. Se, como dizia Cláudia, Fidel apenas sabia assinar o próprio nome, e pouco mais, que cartas, e de quem, seriam aquelas, escritas pelo seu punho? Por que razão esse alguém as teria escrito e continuado a escrever sem receber resposta? Sentia que do outro lado da caligrafia desenvolta, quase bela, quase feminina, estava a presença de uma pessoa que me conhecera em adulta e, mais do que isso, a de alguém que, em vez de estar longe de mim, a milhares de quilómetros, metido em esquemas duvidosos, me conhecia, sabia onde eu vivia, talvez vigiasse o meu quotidiano.

Nunca Fidel me pedira nas cartas o que Cláudia me pedira. Mas nada batia certo. Ela assegurara-me que ele estava morto e que era analfabeto, mas as cartas não haviam cessado com a data em que ela me dizia que o tinha enterrado. Na verdade, continuariam por muito tempo, sempre com a mesma cadência de seis meses a um ano, apanhando-me ou na alegria fecunda, ou no bafiento hiato entre livros, como aquele em que me encontro, o preciso momento em que a única certeza que tenho é que não serei capaz de escrever nunca mais e me mortifico na esterilidade.

Quem fora Fidel — e quantos havia? O Fidel de Cláudia, o Fidel das cartas, o Fidel da nossa família, o meu irmão Fidel, o Fidel que eu abandonara?

Foi um silêncio de quase cinco anos sem receber mais correspondência, vários anos depois de Cláudia e os filhos o darem por morto e o enterrarem num caixão, que me lancei na colagem do que restara desse homem, quando não o via há mais de trinta anos.

Na cadeia, Fidel desenhava casas sobre casas. Primeiro linhas toscas e, meses depois, um desenho que sentia não ter chegado ao fim. Desenhava a mesma casa e dentro dela outras, centenas, milhentas, no que parecia um borrão. Sonhava sair do Peu Peu e construir a casa que desenhava de noite, quando os outros dormiam. O louco da cela 9 berrou, e Fidel cravou o lápis com mais força no caderno, rasgou a folha. Tinha medo de admitir a si próprio que tinha medo de estar na cadeia e medo dos outros homens, mas a verdade era essa. Estava apavorado.

Trauteava canções da sua infância dentro da cabeça para se deixar dormir e enrolava-se sobre si mesmo, como um feto no útero da mãe.

Que Fidel, que nunca tivera uma casa, tivesse regressado ao Cunene para construir a sua casa era o pormenor que me assombrava. Não fora a vida que o tinha traído. A ironia não era essa. A ironia estava na forma como ele havia sido traído por nós. Matilha de lobos em pele de cordeiro, assim nos via, assim me via, com o passar dos anos, diante do nome de baptismo de Fidel. Sentia que a sua fidelidade era constante, à vida, a nós, ao destino. E que o meu punho pertencia a quantos corpos lhe tinham falhado, os mesmos que haviam assumido a responsabilidade de lhe valer. O seu nome roubava-o à história e lançava-nos no pântano, na vergonha. Importava menos que fosse filho de um cubano do que fosse nosso, menos que fosse cubano e mais que tivesse vivido a vida de um santo. Contemplei as alegadas circunstâncias da sua morte e todas me atiraram à cara aquilo em que nunca tinha pensado. Fidel não morrera enquanto construía a sua casa. Vivera enquanto construía essa casa, todo o seu percurso fora um caminho longo e atribulado em direcção a esse lugar e a essa circunstância. Se algumas vidas se cumprem na morte, a morte de Fidel pertencia à sua vida com uma lógica de predestinação tal que arriscava parecer uma encenação. Era o remate perfeito do filme biográfico do órfão, remate que salientava como Fidel fora irreparavelmente desapossado de um lugar desde o primeiro momento.

Do meu lado da porta, associava-lhe só duas palavras, bala e gonorreia. A bala perdida que o apanhara na varanda durante a guerra em Luanda, em 1992, e o dia em que ouvi a palavra *gonorreia* pela primeira vez, pouco tempo antes, porque Fidel contraíra a doença.

É num corredor escuro, em casa dos meus avós, alguém lhe passa uma descompostura. Ele geme, na casa de banho, talvez de dores. Alguém nos diz que é uma doença dos adultos, uma coisa muito feia. Fixo a palavra, sem saber o que quer dizer, porque tudo o que era feio e proibido e, sobretudo, tudo quanto insinua a esfera dos adultos, se grava a fogo nesse tempo na minha pele para sempre.

Nada soubera dele anos a fio e agora esta partícula de informação. Que Fidel tinha morrido quando erguia a casa da sua família. Como seria esse lugar? O terreno e a paisagem em redor, vejo a casa num vale, um ribeiro atravessa o terreno sem sombras, a escassos metros de distância. "Tinha ido buscar as janelas com o sogro", haviam-me contado. Imaginei o abrigo sonhado, após a danação, a vida licenciosa, o crime. Imaginei a sua noiva, Cláudia ou quem seja. Vejo-a de longos cabelos pretos, num vestido simples, amarelo, pelos joelhos, a trazer-lhe água numa garrafa, enquanto ele trata do telhado da casa.

Vejo-o regressado ao Cunene, onde nascera, neste exacto instante. Parece ter vindo a pé um longo caminho, sob o sol. Vai de tronco nu e tem as mãos calejadas pelos pesos com que treinava na cadeia, e os pés sujos e descalços. Veste calças castanhas puídas, rotas nos joelhos. No bolso de trás, tem uma faca e uma fita métrica. Aos homens que o vêem chegar à vila, sentados num tasco na rua Direita, tanto parece que vem à procura de trabalho, como que é um fugitivo perigoso. Um homem abeira-se dele, engraça com o jeito trapalhão do rapaz, é Almerindo, e então o sr. Almerindo leva Fidel até sua casa e oferece-lhe cama e um prato de arroz. Os olhos de Fidel, vejo-os. Olha como um monstro e como uma criança. Um santo e um assassino. Estão diante de mim, para sempre presos entre a desconfiança para com todos e o maravilhamento de receber atenção de alguém. É nessa primeira noite, de regresso ao Cunene, que gostava de começar por guardá-lo. Sente-se chegado a casa, lavado, tem a cabeça no chão, tapou-se com um lençol por causa dos mosquitos. Nunca se sentira tão seguro a vida inteira até esta noite, passada no anexo do quintal de Almerindo.

Não me resta nenhuma fotografia de Fidel. Há dez anos, querendo recordá-lo, desenhei dois esboços do seu rosto, de memória, em menino e aos quinze anos. Reconheci-os, agora, com o espanto de quem acorda, nos retratos de Fayum. Primeiro, em criança, no rosto do menino Êutiques.

Depois, homem feito, no rosto — olhos, nariz, esgar — do jovem com um corte cirúrgico no olho.

THE METROPOLITAN MUSEUM
OF ART

É ainda Fidel quem vejo, anos depois, também aqui, na cara deste outro homem, também retratado após a sua morte, segundo a tradição Fayum.

Quer dizer que me parece que os três retratos de Fayum revelam três idades da mesma pessoa, o meu tio Fidel, e não somente três vidas distintas. Encontro, por fim, a imagem de uma múmia, na qual entendo o uso que era dado ao pedaço de madeira que gravava a cara dos mumificados.

A estranheza reside em encontrar o meu tio Fidel no rosto de outros mortos e, mais ainda, a de o encontrar no retrato com que alguém encomendou a alma de outros homens acabados de morrer. Quando terá Fidel começado? Fidel vem de onde? Quando se terá dado a sua morte? Indago se lhe pertencerá uma permanência ancestral, se Fidel é não o meu tio aqui lembrado, mas uma alma doutro tempo, vindo morrer nos nossos braços, uma alma inquieta através das eras, à procura de descanso. Haverá pessoas assim, que chegam a nós vindas de outros mundos e andam a morrer desde que o tempo é tempo? Atento na sua origem incógnita, nas múltiplas e contraditórias versões da sua história. Porque terá Fidel batido à porta da nossa vida? Viria de onde? Quando se teria feito à estrada? Ele é, de súbito, não o meu tio daquela tarde em que lhe neguei pão, mas um ser que bateu à nossa porta desde que nasceu, ali deixado para que o criássemos.

E, então, o bater da porta já não é o arquétipo de um desencontro. Mas o gesto primacial da chegada de Fidel à nossa vida, ao mundo que ele veio desassossegar.

Quando o Fidel veio para nós, não sabíamos a idade dele, nada sobre ele, mas aparentava ter quatro ou seis meses. Então, a data de nascimento foi dada de acordo com o que na altura percebemos. A data do falecimento dele está certa. A mãe dele levou um tiro num acampamento onde o MPLA concentrou a população, devido à invasão sul-africana, durante a guerra. Esse campo era controlado por militares cubanos. Ela era uma jovem bonita. Devia ter dezoito anos. Essa vila fica a duzentos quilómetros do Lubango, capital da província da Huíla, onde vivíamos, e o Papá trabalhava no Hospital Central do Lubango. Os cubanos socorreram-na, ela estava com o Fidel às costas. A vila chama-se hoje Santa Clara do Cunene, na província do Cunene, no sul de Angola. A bala perfurou-lhe o fígado e passou pelo pezinho do bebé que estava às costas.

Duzentos quilómetros até chegar ao Hospital do Lubango. O Papá estava de banco. Ela não conseguiu sobreviver e morreu à porta do hospital depois de ter perdido muito sangue, mas o bebé, que é o Fidel, sobreviveu.

O teu avô chegou a casa e contou a todos nós. Ele ficou melhor do pezinho e eu comecei a ir à pediatria do hospital visitá-lo. Mal me viu, na primeira visita, não queria mais ninguém. Para não ficar exposto a doenças de outras crianças, convenci o Papá e a Mamã a deixar-me cuidar dele e a levá-lo para a nossa casa para ser adoptado. O Papá, depois de muita luta, lá aceitou. Comprei roupinha de bebé, e ele ficou. Passou um ano, mais ou menos, e apareceu uma senhora velha do Cunene, vestida como eles se vestem, com uma mala. As senhoras da OMA, a organização feminina do MPLA, sabiam que o Fidel estava connosco e levaram a velha senhora até à nossa casa. Era a avó materna dele, que vinha agradecer e entregar a herança da mãe dele. Uma mala velha com roupas muito pobres do bebé. Não falava português, só cuanhama.

A Mamã recebeu a mala e a senhora contou que ele se chamava Fidel. Era filho de um cubano do acampamento que, a limpar a arma, apontou sem querer para a mãe do Fidel, sem saber que tinha uma bala na câmara, e disparou e feriu-a.

Então, ele ficou connosco, e foi adoptado pelos teus avós, e foi baptizado com o nome Fidel. Em Luanda, havia um prédio onde viviam cubanos. Ele fugia da escola e passava a vida lá. Tu nasces e ele percebe que vocês são da mesma cor. Então começa, na cabecinha dele, a pensar que o Papá e a Mamã não eram pais dele.

A Mamã não queria dizer que ele era adoptado, mas alguém que nos conheceu no Lubango, e sabia da história dele, contou-lhe tudo por maldade. Aí ele ficou muito perturbado. Tinha sete, oito anos. Tu tinhas para aí um ano, já não me lembro bem, talvez três. Ficou revoltado com o Papá e sabia que a Mamã era a mãe dele, mas, para ele, a mãe era eu, porque tu eras mestiça. Sempre disse que iria matar o sul-africano branco que tinha abusado da mãe dele. Começou a ficar tão revoltado que nem a médica conseguia ter mão nele. Pomos todos em Lisboa e ele também. Em Lisboa, fugia da escola, foi um momento muito difícil.

Andou desaparecido muito tempo. Não sabemos com quem viveu, quem o ajudou, mas gostava ainda hoje de descobrir e oferecer a minha gratidão a essas pessoas que o ampararam. Só sei que, a certa altura, é deportado para Luanda. Aparece-me lá em casa. Eu chego do serviço e lá estava o Fidel, à minha porta. Enfim.

— Abriste-lhe a porta?
— Se abri a porta? Claro que abri a porta.

Contemplo à distância o escrúpulo que tinha quando era mais nova em relação a escrever sobre a minha doença. Tinha medo que achassem que a doença era mentira, que era afectação, que era eu a ser tola. Também o escrúpulo era doentio, sempre ouvi no consultório.

Hoje o escrúpulo desapareceu, como desapareceu o brilho do meu cabelo, a elasticidade da minha pele, a energia que eu tinha em criança.

Eu e a doença já não somos duas, por isso falar dela não é falar de um facto externo. Somos a mesma mulher, eu sou ela, ela é eu.

Folheio o álbum de infância da minha mãe. Pensei que nunca o teria nas mãos. Imagem atrás de imagem, a minha mãe, menina negra, com as suas amigas, todas brancas. Elas sorriem e rodeiam-na. As imagens foram tiradas em Angola, nos anos 60. Não podia ter sido de outro modo, o auto-esquecimento, a aversão de si que o acompanha, a vergonha, a assimilação dos modos, dos sotaques, da prosódia. E, depois, aos poucos, a consciência tímida da diferença, da separação, da distância. E o sofrimento, a condição auto-inimiga, a reprodução da crueldade. Acompanha-me este pensamento. Não poderíamos senão ter enlouquecido.

Tenho poucas memórias dos dois meses que se seguiram, passados a dormir. Não voltei a ver a rapariga que nesse dia entrou no hospital. Não é ela quem aqui fala, mas eu, mulher que conheço há dezasseis anos, e a quem todos ainda chamam *Mila*, mesmo que com olhos cada vez menos desiludidos. Quando digo que me estou a ir embora, escrevo com a voz dela pela minha mão, mas já não é ela quem fala. Pode ser que muitas vezes eu procure falar como me lembro de falar essa rapariga sem medo. Mas jamais ela pode julgar ganhar-me a mim, que estranhamente me vou parecendo com a sua mãe quando tinha quarenta anos, e com a mãe dela na velhice. Tenho as suas pernas em arco, o seu queixo oblongo, a sua pele manchada pelo sol, mas não lhes sou nada. Para me consolar, penso que caí como uma idade do passado. Não se viu envelhecer e não verá a mãe dela morrer. Sou uma estranha que entrou a meio, e, no entanto, à minha chegada tinha à espera todas as pessoas da minha vida que, aguardando o meu regresso, me receberam de braços abertos, sem questionar a minha identidade. Ela sou eu. Tenho uma memória manchada do que foi a sua vida. É meu o seu corpo a meio do caminho, minha a cara dela quando saio à rua. Ocupá-la não foi um trabalho limpo. Também sujei as mãos. Revolvi a sua cama. Sou a senhora da sua casa. Era preciso partir a rapariga ao meio para chegar aqui, mesmo que não tenha feito barulho.

Quem quebrou o mutismo foi o meu pai. "Fala", ordenou-me. O almoço seguiu. Minutos depois, a medo e do fundo de uma caverna, pronunciei o primeiro "Não é preciso tanto" em dez meses. Durante essa noite escura, adensou-se em mim uma memória falsa que me acompanha sem explicação. Imaginei, estando doente, que o meu pai fizera uma viagem pelo deserto atravessando África de oriente a ocidente, algures na sua juventude, e o seu caminho imaginário colou-se à minha convalescença, paralelo ao meu.

Como ordem para me calar, bastava um gesto de alguém à minha volta, o vento nas folhas de uma árvore, um assobio ou a buzina de carro. Nada me é tão misterioso como esses períodos de silêncio em que, no entanto, me sentia no meio de tanta coisa interessante, não se passando nada. Foi no silêncio que o meu pai correu o Saara de moto, dentro de mim. Querendo aceder a essa memória, nada ouço. Com algum esforço, vejo-o a correr um mapa sobre uma mesa como uma figurinha em miniatura. Não alcanço mais do que esse panorama a duas dimensões, tanto que o próprio continente africano me é inacessível. E então percebo essa memória como a origem do meu cepticismo a respeito da mulher que escreve estas linhas, tendo mudado o Saara de sítio.

Gostava de sentar o meu pai numa Zündapp e levá-lo por milhares de quilómetros, costa a costa, no nosso continente. Mas por onde? De uma ponta à outra, vejo apenas um vazio.

Lembra-me o corredor branco de um hospital, a parede de nevoeiro, quando, no interior do carro, não se consegue ver nada à frente. Bem que eu gostava de o levar. E então invoco almas penadas. László Magyar, Idia do Benim, objectos e figuras que eu esperava que fossem mágicos, mas são apenas mudos. E não há dose de magia, nem de oficina, que ponha uma morada nesse corredor branco. "Não sei", e então penso que o que tenho a fazer é procurar nada dizer, mas seguir como nesse carro no nevoeiro, esperando que o que vejo se pareça com algum lugar perdido.

Procuro o meu pai de forma diferente conforme o faço a lápis ou a tinta. De um modo ou outro, garatujo um torvelinho de riscos, que nada tem do que ainda assim consigo vislumbrar do tesouro que procuro. Tenho as margens dos cadernos cheias destes olhos de furacão a tinta-da-china, esferográfica, feltro ou carvão e, vendo bem, tenho-me também sacudida por estes esboços de ventania. Mas sabendo-me à procura, não sei o que tenho em vista. Estou como aquele cujos ossos lhe dizem vir aí tempestade numa estação radiosa. Vejo passar o tempo à minha frente, tal como se esparsa em linhas concêntricas a corrente de um lago. Sei-me a meio, mas num meio que desconhece o seu fim, e também não saberia adivinhar em que desastre findaremos. Por vezes, um ramo cai no lago e é levado para longe pela corrente. Por vezes, é um seixo que salta num arco perfeito, jogado por um miúdo de mão firme. Um peixe laranja acode à superfície da água estática, outras vezes, contorcendo-se no ar, em busca de uma migalha. As nuvens passam, passa o tempo, o sol põe-se passando sobre o lago, que o reflecte como uma tela. Cada ramo, seixo ou peixe é um ruído na visão das nuvens. Assim estás para a minha vida, obrigando-me a pôr-me de pé dentro de água com uma comichão nas costas, quando eu gostaria de boiar no lago sob o sol, tarde fora.

A lápis ou a tinta, conservo o meu pai em movimento perpétuo. Ao leme de um barco, melena ao vento, vela enfunada, a cavalo de uma égua albina selvagem, dirigindo uma Zündapp, uma bicicleta. De pé, impante, entre as bossas de um camelo, deslizando entre cordilheiras num teleférico, neve ao fundo, numa duna de areia branca sobre uma prancha de cartão velho, de canoa, abordando, entre corsários, um arquipélago, na passada de um *slow*, mão na mão, na ponta da roda de um *twist*, lançando-se enrolado para uma piscina — ou nadando de costas sob uma cachoeira. O meu pai, quando jovem, é uma linha em movimento, e eu equilibro-me nessa linha como uma trapezista.

Do outro lado do silêncio, ouço a Zündapp de Quim gargalhando Saara fora, nas dunas, de novo em direcção não sei aonde, e entendo que inventei a minha salvação.

Plantas, homens e mulheres de turbante policopiados, a que se encomendem os meus dias, sem desligar a corrente. Sirvamo-nos dos arquivos para as nossas inquietações, para salvar a nossa cobardia no que escreveram os outros, abstenhamo-nos da imaginação para nos resguardarmos da loucura e, sob nenhuma condição, desliguemos a corrente da atenção, da vírgula. Sigamos nessa África de arquivo, continente comprimido, em que nunca saímos do mesmo lugar. Árvores centenárias pelo caminho, gente fazendo a sua vida, um pastor com queda para conversas, um caminhante cansado, um cão manco. Línguas desconhecidas, inventadas de improviso, os encontros do meu pai, na sua viagem, precisam de subsistir no equilíbrio periclitante do que, estando para não acontecer, não precisa de ser entendido.

Objectos, despojos, fontes, recursos, o aparato do conhecimento, todo um enxoval de pensamentos para um nascimento abortado. E o que fica é o enxoval, como o que fica de uma história é a espera da história. Se o pastor a caminho pede ao homem branco que conte a sua história, este diz-lhe "Conto já", e continua. Se a árvore lhe pergunta as horas a que há-de perder os frutos, ele diz "Conto já", e cruza a curva, enquanto me detenho diante da roupa desbotada de gente morta cujo nome desconheço, e percorro um domingo de sol com a lamparina acesa, desbaratando petróleo, alheia ao curso do dia, às horas, ao que aí vem, sem perceber que precisar de ler para contar é sinal de que estou partida.

Estou para o meu silêncio como o meu pai perante as musas da viagem — cactos, munições, tanques de guerra, pastores, crianças, camelos, mulheres, garrafas, conversas —, que não interessava perceber, mas possuir.

Ser doente é anterior a dizer-me mulher, urbana, anterior ao que me distingue. Rodeados uns dos outros, vivemos a tentativa conjugada de furar diagnósticos. Uma equanimidade radical, advinda com a doença, é a pior fatalidade, mais insuportável ainda do que a fatalidade da doença. Não se trata de nos vermos passados a ferro nos nossos vincos, mas em perder o rosto. Se é tremendo dar com os nossos pulmões numa enciclopédia, é igualmente tremendo que aquilo que nos habituámos a tratar como individual a nosso respeito esteja previsto num manual de diagnóstico. É nesta constatação que assenta a condescendência dirigida aos doentes. E é nela também que assenta o cepticismo de que a vergonha e a culpa se alimentam.

Escrevo para resgatar uma singularidade e não para dar testemunho. Não me interessa dizer como é a rua onde estive, nem a rua por onde caminho. Tijolo, pedra, permanência, que importa? Se existo enquanto enuncio, e se não posso senão enunciar do modo singular que é o meu, então enquanto escrevo sou a doente única, mesmo que não possa voltar a ser a pessoa única. A maneira como me enuncio é a minha maneira de estar sozinha, e de, apesar dos braços que me levam, estar tão completamente entregue a mim quanto me é exigido pela possibilidade perdurável da alegria. Não busco a cura, nem uma terapia, mas antes escapar à anterioridade da doença em relação ao que me distingue, e ainda que não me seja claro a todo o momento quem sou ao certo. Nunca como agora estive a cada novo espaço, a cada outro risco na página, tão perto do que em mim é caricaturável, estereotipável, e único.

A forma do que escrevo, a mancha com vida própria que se distende e se aperta à medida que teclo, e não apenas o que digo, é o único corpo que se substitui ao corpo da culpa. Cento e cinquenta mil caracteres por um saco de explosivos, troca por troca. Torna-se necessário ser capaz de fazer o que ninguém pode fazer por mim, da maneira como apenas eu o faço. Se pouco importa a maneira como me descrevo, mais importa a maneira que uso para falar em meu nome, como se por uma vez importasse mais o floreado do que as palavras. É numa teia de pronúncias que me interessa enredar-me. Não é uma teia de adornos, mas de manias, lugares-comuns, truques e subterfúgios, que nunca me pareceram tão agradáveis, desejáveis, lisonjeiros e saborosos. Quero entupir-me daquilo em que me distingo dos outros, pois apenas assim posso expiar o que não me lembro de ter feito. A linguagem é o meu almoço, alegorias, metáforas, perífrases como conduto. Empanturrar-me do meu adeus, para não parar a meio de voltar a ser eu. Empanturrar-me dos meus tiques. Quero ser de novo quem fui um dia, uma pessoa que pode ser estereotipada, que pode ser caricaturada, que pode ser gozada, e não um caso de estudo de uma doença que passou para a linguagem comum. A forma animal deste parágrafo em movimento é a forma de um corpo sem culpa, a minha melhor fotografia, aquela em que Mila não se escapa, e o seu descanso.

E de repente vejo que, nessa casa comum, revelada por feirantes, nas feiras de velharias onde eu passava os domingos, nos debatíamos para tentar imprimir a nossa marca, na atenção que dávamos a um enxoval porém vulgar. Vejo que fazer-me mulher depende de ver a banalidade como um extravasamento, uma excentricidade. Não há diferença entre procurar o que há de singular em mim e o que foi a vida nesse tempo, enquanto nos convencemos de que vivíamos uma vida especial. E que o que a feira ostenta, na sua desordem, é o nosso estrebuchar para fora da trincheira, a nossa corrida perna acima de quem vai pisar esta formiga, o salto na cerca da última ovelha do rebanho, quase a ser atropelada. Expondo o que há de comum entre uma casa e todas as outras, a feira cristaliza o nosso passo para fora de uma tipologia, no mesmo lance delicado em que uma única letra introduz o desvio na paz da biblioteca. À sombra de plátanos e araucárias, a feira revela como uma mulher apenas se faz como se fosse a primeira. Não há como não cair no delírio de que a cada novo nascimento estamos a ser todos pela primeira vez, a mesma bebedeira que contemos quando, à entrada de estranhos em casa, por efeito de uma paralaxe animal, nos tornamos, como que por magia, apresentáveis.

Quando entrego a minha liberdade ao outro, e da cama à banheira é ele quem decide o que fazer de mim, quando escolhe a minha roupa e lava as cenouras para a sopa, quando escolhe por mim a música que ouço e quando devo estar a pé, quando me devo deitar, quando ele já não é senão uma coisa que faz, lava, decide, escolhe, pouco importa o que sente, quando assina em minha vez um documento ou leva o seu dia na interpretação dos meus sinais, mesmo que para dar a tudo o nome errado, que importa então a vergonha ao pé desse novo alfabeto da convalescença, em que tudo o que eu era é o mesmo, mas o nome foi trocado na língua que se fala no império dos cuidadores, em que me é tirada a palavra pela má tradução de quem me ama, e vejo fazer pouco do que, temendo, não consigo nomear jamais, eu que não faço ideia do que quero?

Tento explicar como é estar na minha pele, mas entre mim e a explicação há a parede, que tantas vezes confundo com uma distância desejável. "Vergonha", "medo", coisas talvez simples, para que não sei apontar. Querendo falar do que custa, vou contra a parede e nada alcanço. Talvez seja arriscado supor que regressei à posição de conseguir dizer seja o que for, e a mudez não tenha sido passageira, mas aquilo que se preserva de um lado ao outro, e que ser de novo um sujeito não resolve.

Consta que os doentes não são de confiança. Como não duvidar de cada linha do que escrevo? Essa é a parte mais estreita da corda do trapézio, a de não saber se posso confiar no que vou tendo como certo. Diante de mim, tenho apenas cochichos e comentários, "parece que esteve doente", "parece que se passou". O que custa é aceitar-me como uma fala que não é fidedigna, quando nem sequer aspirava a sê-lo, para pensar de imediato que o lugar certo do que não é fidedigno é o interior de um livro. A tinta não mancha, rasura, come e desaparece com o livro. A cada linha que acrescento, ao invés de crescer o manuscrito à minha frente, vou roendo papel que, começando por ser muito, é no fim o único *folio* de um rolo que começou por ser indefinidamente longo. Não sou de confiança para empregos nem combinações de almoços, palavras de honra, nem para promessas. O espaço entre mim e os outros é a cada linha mais pequeno. Quanto mais o livro cresce, menor o mundo para lá dele, menor a possibilidade de uma vida de paz entre eles. Sou, a partir de agora, apenas aquilo que escreveu este livro, que, chegado ao fim, será apenas uma única linha, cujo preço não sei como pagar, linha mínima que, no entanto, engole o que lhe é anterior — o que eu sabia, o que eu esqueci, o que virá.

Mesmo que volte a precisar de ser salva, não há retorno de um salvamento, como não há retorno deste livro. Não há como voltar a não o ter escrito, a não ter dito, nem como não se saber o que nele conto. Pergunto-me então por que o faço, sabendo que não o faço como se falasse apenas para mim. Rapidamente a pergunta "porquê?" se me afigura como uma partida, mas fazer perguntas demais é um disfarce da autocomiseração. Ocorre-me que traduzir, contar, vai no sentido contrário a dizer que não consigo entender. E, no entanto, gostaria de contar apenas como quem não quer entender nada, contar sem tentar compreender.

O que é a força? Apenas conheço a força como realidade física, e sei que não é disso que me falam. A força de me levantar e lavar os dentes, de arranjar um quilo de favas ou bater umas claras em castelo, a força para manter os olhos abertos. Que será a força? Estará mais próxima da traição ou da anuência? Da renúncia ou da insurreição? Não há maior mistério. Bom seria se pudéssemos entrar através dela para a humildade e sair airosamente de tormentos. Mas não se percebe de onde vem, nem o que é, senão que não deve ao poder nem ao acaso, nem à virtude.

É o contrário da gravidade, ainda que aspiremos a cair. Um homem passeando pelo campo questiona-se sobre a origem do que tem de seu. Vou pela mão do homem a caminho de encontrar um fruto em queda e apoderar-me dele. Talvez quem caiu se possa levantar, engolindo o que caiu. Também há a hora de nos fartarmos do que anda aos caídos, e apanhar uma barrigada deles. O homem pergunta-se se tem de seu a maçã que encontra a caminho, caída ao redor da macieira. Quando passará a ser sua? Quando primeiro a vê, quando a mete no bolso, quando a trinca, a engole, a mastiga, ou quando a digere? Quando terei passado a pertencer à minha doença, quando caí, quando me engoliu? Comer do que caiu parece ser uma glória vã. Para perceber a força, haveria que surpreender o fruto em queda, quando não passava ninguém.

Talvez se caia como um fruto maduro cai de uma árvore, no fim de um ciclo ou de uma idade. E seja preciso que a nova idade engula esse fruto e o faça desaparecer dentro de si, mastigando-o, como a uma maçã suculenta encontrada. Pode ser que o que dizemos sobre a nossa meninice e juventude seja apenas a conversa de quem se empanturrou. Uma barrigada de maçãs, quem fomos. E a sucessão das idades seja uma cadeia alimentar em que o adulto come a criança e o velho come o adulto, não seja esta a mais descarada presunção, a de parasitarmos a gravidade à coca do que cai da árvore, e nos alimentarmos apenas do caído como, nos seus banquetes, fazem os pardais, sem precisar de estender o braço ou trepar o tronco da macieira.

Penso nas seis mudanças de casa da minha convalescença e em como a precipitação que as ditou andou ao contrário do tempo da doença. Julgo vislumbrar que a verdadeira sobrevivência da pessoa de que me despedi está preservada numa discordância de tempos. Continuo a viver no tempo antigo, ignorando o tempo da doença, bem mais lento. A outra sobrevive como um tempo, e não como um tique, uma virtude ou um sentimento. Não se trata de ser preciso acertar o relógio da saúde com o relógio da doença. É antes como a diferença entre o tempo de uma mota e o tempo de uma planta, de um cão, por absurdo que seja sentirmos que o que nos determina são as máquinas em que nos tornamos.

A cabeça anda à velocidade da planta, o corpo à velocidade da mota, e não há como se encontrarem, se compaginarem. Comportar uma doença é também conter essa assimetria de velocidade, dois ou mais ritmos dissonantes, que não há meio de se encontrarem a caminho. Mas lembro-me de que o tempo da planta, o da doença, é o da vida adulta, apesar do que se diz sobre como é mais rápido que o da criança, de verões eternos. O tempo do adulto está mais próximo desse tempo aberto em que, indo dar à morte, não há pressa para nada. Como é horrível andar a reboque da seiva, ainda que nos amiguemos dela, ter de acertar o relógio com a morte, e ir até ela sem pressa, não pensando noutra coisa.

Nas notícias, inaugura-se o túnel do Marão, a "última grande obra pública". Dezenas de pessoas percorrem os seus seis quilómetros a pé, peregrinando de uma extremidade à outra. Vejo-os desaparecer dentro do túnel, nos seus anoraques. Aos carros, abrirá na mesma noite, e adivinho os curiosos da terra, que farão a rodagem no dia seguinte, para ver como é. Começou antes da crise e terminou depois. É um feito, romper a serra e rodear as suas curvas. Mas apenas um túnel rodeia a serra. Apenas a obscuridade corta a obscuridade, com as suas galerias de segurança, portas de emergência e câmaras de vigilância. Não há como cortar o escuro sem o escuro.

Pouco há de tão misterioso como ser tocado pela bondade, não como alguém que a pratica, mas como alguém na qual ela é praticada, como um desporto sobre o terreno, ou uma técnica agrícola na terra. Também não se sabe o que fazer quando isso acontece. Ninguém nos ensina como devemos comportar-nos quando somos abençoados, quando nos dão a mão, quando nos abrem a porta, onde pôr as mãos, como pôr o rosto, se olhando levemente para baixo, como para receber um elogio, se olhando em frente em desafio. Haveria que saber distinguir a expressão adequada aos milagres, e se há uma pose da bênção, um artifício do corpo para receber a bondade, se também nesse momento estamos nas mãos de outros seres (cães, gatos) de companhia para, distraindo-nos um pouco de nós, recebermos o que é bom de uma maneira que não o desmereça.

Pergunto-me como faz um cego nesse momento, imaginando o que seria o gesticular da graça numa pessoa que não consegue ver. Revisito os cegos do meu quotidiano, e apercebo-me rapidamente que o meu desconforto é parecido com o que sentem perante o aparato dos que se oferecem para os retratar. "Rapidamente", "de imediato", "parecido com", expressões que me fogem dos dedos à pressa, ao contrário do tempo novo, traindo o que gostaria de dizer, e a intenção de o dizer, quando eu queria era encostar-me à sombra da grande árvore do que ficou para trás, e adormecer ao seu ritmo mais do que delicado. E não pensar nem por um momento, estando aí ao fresco, no gesto certo para receber a bondade, na cara certa para a bênção, mas deixar-me adormecer até o rosto perder aos poucos a sua forma e vivacidade, distendidos os músculos da face um a um, os lábios pendendo ligeiramente abertos, numa musical desfiguração.

O meu último senhorio antes da crise era um homem cego. Mostrou-me a casa descrevendo-a ao pormenor, e assinou o contrato com um X. Revelou-se um burlão, que me ocultou que a casa estava à beira de ruir, o que disfarçou encomendando umas obras superficiais a um empreiteiro. Descrevia a sua casa como se a pudesse ver, aludindo à vista para o rio e ao tamanho dos limões do limoeiro que se avistava da janela da varanda. Apenas realçava o que não conseguia percepcionar, mas parecia conhecer de coração, percorrendo o corredor de mãos agarradas às paredes, sujas do gesso com que haviam sido calafetadas.

Cruzo-me diariamente com um cego intrigante, que se veste como um rapper e se passeia pelo bairro num passo estudado, digno de um músico célebre. Questiono-me quem o terá ensinado a andar assim, se é cego de nascença, quem o vestirá de cores tão garridas? E julgo tocar alguém nas suas camisolas de *jersey* escolhidas para ele, permitindo que preservasse um estilo no escuro, um princípio de amor e companhia. Talvez não haja ninguém, e seja de ouvido que se veste e despe, e as cores estridentes sejam o sentido mais apurado que compensa a falta de visão.

Não será parecido com um cego e o seu jardim, que conhece pelo cheiro, forma, volume e textura? As plantas são cegas como ele, apenas em relação a quem as consegue ver e capturar, e ainda que haja entre jardineiro e plantas uma hierarquia. A fotografia imaginada admite o contínuo de opacidade que existe entre eles, e que a hierarquia não perturba. Não estamos em vantagem, olhando-os. Não é o homem e o seu jardim que têm de nos adivinhar, estando arredados da possibilidade de o fazerem, enquanto os contemplamos uma e outra vez. Do lado de cá, estão os atarantados, que não podem depender do jardineiro e das plantas como medida do que vêem e do que dão a ver. O jardim é cego como o jardineiro. O que ambos nos devolvem, contudo, é um reflexo do nosso mistério, ainda que os consigamos ver. Reflectem-nos como não podendo saber o que contemos. Como o cuidador de um bebé, estamos perante a palpitação de, como ele, podermos explodir a qualquer momento. Questiono-me se não é o mesmo com este livro. Se não sou um jardineiro cego cuidando do seu jardim, oferecendo-me a um disparo que não consigo antecipar.

Se existo enquanto enuncio, enquanto te escrevo sou apenas mais uma pessoa. Falo-te em meu nome tão completamente entregue a mim quanto me é exigido pela promessa da alegria. Procuro fintar a primazia da doença, ainda que não me seja claro quem sou ao certo, a todo o momento. A forma do que te escrevo, Fidel, a mancha com vida própria que se distende e se aperta à medida que teclo, e não apenas o que te digo, é o único corpo que se substitui ao corpo da doença. A forma animal deste parágrafo em movimento é a de um corpo intacto. Se adoeci de chegar a adulta, fazer-me mulher depende de tomar a vulgaridade como singularidade. Não há diferença entre procurar o que tenho ainda de singular e o que foi a vida, enquanto, convencidos de sermos únicos, mastigávamos o que tínhamos de comum. Mas apenas nasci uma vez. Nem a ameaça da loucura desculpa que precise de me imaginar como alguém que se partiu ao meio. Ao fazê-lo, sacrifico-nos a nós. Há-de haver meio mais curto de chegar a algum lugar que o de me imaginar nascida de ninguém. De que me serve afinal um enxoval que eu possa fazer sozinha?

Então, resolve ir para o Cunene, sua província natal, porque queria ser camponês. Começa a fazer contrabando de carros na fronteira com a Namíbia e um dia matam um senhor e ele é acusado. É condenado a dezasseis anos de cadeia. Eu ligava para a cadeia, para falar com ele. Chamava-me "Mãe". Quando o presidente Dos Santos deu uma amnistia, ele, como um preso muito disciplinado, foi abrangido. O chefe da cadeia do Peu Peu, no Cunene, um dia liga para mim e falamos. Só disse coisas boas sobre ele.

Sai da cadeia e o pai da Cláudia, namoradinha dele, acolhe-o, lá no Cunene. Um senhor fazendeiro, gravador de pedra, proprietário de um negócio de campas e de uma manada de gado. O Fidel chegou a casar com essa menina. Aquela vida no Cunene foi o descanso merecido.

É possível adoecer de chegar a adulto, não há chegada mais dura. Não é sequer abrupta. Sempre que trago da rua para casa o pé de uma planta para germinar, e enquanto dele brotam novas folhas, morre nele uma única folha da rua. É aquela cujo ciclo de vida interrompi ao arrancar o pé da planta do canteiro público. Nesse curto espaço de tempo se aproximam a rua e a casa, mas também a morte e a vida. A vida da folha da rua ficou a meio, e ela pende sobre a borda do copo de água parada, como uma lembrança do canteiro, memória da rua que se encarquilha à medida que rebentam e se fazem viçosas as folhas de casa, que nascerão afeitas à temperatura e atmosfera interiores. Nesse intervalo, a morta e as recém-nascidas estão presas por um fio cada vez mais fino ao mesmo caule, dependentes umas das outras, mas tombando cada qual para seu lado, como irmãs que, unidas ainda por um abraço, seguiram já rumos divergentes. Uma é menina de rua, batida pelo vento, as manas são raparigas caseiras. E durante as semanas em que espero pela erupção das raízes, uma língua de uma única palavra finda à minha frente, enrugando-se cada dia, e enfim caindo morta junto ao copo. É um pouco de um mundo que ajudei a tombar com um estalo de dedos e intenção, um pouco da violência de tudo, o fim de um cisma familiar, na inofensividade de um furto sem importância. E por isso me pergunto se aquele intervalo não tem qualquer coisa da segunda vida da alegria, aquela para que nascemos depois de com ela termos porventura perdido o contacto. Como se apenas nos tivéssemos perdido dela, porque alguém nos arrancou à socapa de um canteiro, roubando-nos o alimento, e apenas nascêssemos de novo porque alguém nos levou para casa, e a botânica da alegria fosse o vapor de morte largado por todo o salvamento.

E aí começa a história. Esperou-se que a família ia aparecer, mas não. Aí o Papá que sabia que eu queria muito ter filhos "mulatinhos" um dia fala desse caso lá em casa. Creio que era 1975 ou 76. Eu sempre gostei de crianças. Fui à pediatria ver o bebé e ele, assim que me viu, atirou-se aos meus braços. Aí eu ia todos os dias vê-lo. Comprei roupa, um enxoval. Eu já tinha o meu salário. Estudava e trabalhava. A nossa conexão foi instantânea. Quando eu fosse para casa, o bebé chorava. Eu tinha para aí uns dezasseis ou dezassete anos.

Tanto pedi ao teu avô que ele acabou cedendo e o bebé, após ter tido alta, foi para nossa casa. Era o meu bebé. Ele devia ter apenas quatro meses porque mamava ainda e aí no colo da Mamã procurava o seio. Como os cubanos no hospital disseram que se chamava Fidel, o nome não foi alterado.

Quando ele já tinha um ano, um dia, estou eu na rádio e uma senhora da OMA que sabia da história disse à família que o tinha ido procurar ao hospital e lhe disseram que ele estava em nossa casa.

Foram ao serviço e eu lá estava. Ela só tinha vindo ver o seu neto e trazia uma trouxa com os pertences da falecida mãe. Agradeceu e pensámos que o ia levar. Mas não. Disse à Mamã que nós é quem o tínhamos criado e que por isso ele era nosso. As tralhas que trazia eram a herança dele que a mãe tinha deixado. Só farrapos. E assim ela abençoou o Fidel e regressou ao Cunene. Ele começou a andar e era como meu filho. Mas a Mamã nunca quis dizer que era adoptado. Cresceu. Fomos para Luanda e aí foi adoptado oficialmente e registado como filho nosso irmão.

Uma infância normal, mas quando soube que não era filho do Papá e da Mamã, que insistia em não lhe dizer da adopção, tudo começou a mudar. E como se não bastasse havia um prédio de cubanos perto do nosso, fugia da escola e ficava o dia todo lá. Quando o Papá o fosse buscar à escola já tinha saído. E como neste mundo há pessoas que não estão na luz, um amigo nosso do Lubango foi dizer-lhe que era adoptado.

Aí a síndrome da rejeição começou. Eu caso-me com o Quim, tu nasces e começam os porquês? Mamã como é que tu e o Quim fizeram um bebé da minha cor? Tentei explicar, mas nada adiantou. Começou uma revolta dentro dele que só visto. Para ele o Papá não era pai dele. Então onde estava o pai? Creio que os cubanos disseram que ele parecia filho de um cubano. Lembras-te como ele era moreno e muito bonito? Um belo rapaz. Não obedecia a ninguém a não ser a mim. Eu estava na nossa casa e para ele, na sua cabecinha, decididamente ele era filho de um sul-africano que tinha abusado da Mamã.

No princípio em Lisboa ele adorou, mas a ideia de que tinha que se vingar e matar um sul-africano branco que tinha violado a Mamã começa a crescer na mente dele. Deixa de estudar, tira o passaporte à Mamã e vai para o aeroporto. Um dia saio do serviço e lá estava ele à minha porta. Na altura já eu estava divorciada e tu em Lisboa. Eu vivia sozinha. Eras a irmã dele mais nova eu a mãe e o Quim o pai. E dizia eu sou mulato como a Mila, ela é a minha irmã. Orei muito para ele, e começou a melhorar. Ficava lá em casa comigo. Um dia desaparece e vai para o Cunene. Arranja amigos filhos de generais que vendiam motas e carros na fronteira com a Namíbia. Um dia, um do grupo mata alguém para roubar o carro e culpam a ele que não tinha ninguém para se defender. Eu já estava fora e só ouvia as notícias. Na cadeia, onde apanhou dezasseis anos de pena, falava comigo. Eu ligava para ele e o chefe da polícia começou a perceber que era um menino inocente com família e que tinha sido alvo da maldade dos amigos. Cumpriu a pena. Arranja uma namorada no Cunene e sai da cadeia. Aí já regenerado só via a mãe dele Helau e mais ninguém. Também falava muito com a minha irmã. Estava a construir uma casa para se casar com a menina. Foi em casa dos pais dela que ele ficou num quartinho no quintal para refazer a vida. Mas nessas andanças do tráfico de carros e motas fez três filhos, que a tua tia que foi ao Cunene buscar o corpo porque ela estava em Luanda disse que são iguais a ele, muito bonitos. A mãe é namibiana. Ele falava bem inglês. Em homenagem à mãe dele Helau fez uma tatuagem no braço com o teu nome, Mila.

Será que fiz bem? Só Deus sabe. É triste, muito triste. Ele foi feliz e só Deus sabe o porquê de ele ter cruzado o meu caminho.

Pensar ainda que a minha mãe queimou as roupinhas do bebé e a mala de cartão que a senhora trouxe, dói-me o coração só de pensar. Nem ligámos muito. Disse que não queria doenças em casa. E aquela senhora atravessou duzentos quilómetros a pé com a herança do seu neto para ir tudo para o lixo. Parece que a estou a ver, olhos bem pequeninos, analfabeta mesmo, mas de modos delicados, os pés descalços, em ferida, do caminho. Nas mãos, os sapatos rotos e a mala de cartão. Deus tenha piedade de nós, a avó materna do Fidel.

Só sei o que me contaram. Agarraram-me ao colo, pesava menos que uma pena. Levaram-me para as urgências. O que há de belo é sermos levados por quem sabia que não o recordaríamos, pois esse gesto perdura para lá de alguém se lembrar dele, e não porque será lembrado. Era uma manhã fora da memória, numa colina de Lisboa. Conduziram-me a São José. As pessoas que nos levam em braços sabem que não sabemos o que se passa connosco, sabem-nos pelas brasas, e ainda assim carregam-nos. Falo do que não vi, nem conheço. Terei sido mesmo eu? Um corpo é a pior imagem da alma. E, no entanto, ouço o que me dizem, como se falassem de mim, e estou colada aos braços de quem me levou por tudo aquilo de que me esqueci.

O amor são as coisas que, tendo vivido juntos, não conseguimos recordar, a manhã sem memória em que me levaram para uma volta ao Cristo Rei. Roguei por um café, que me estava proibido. Fumei cigarros sem memória no caminho. E enfim cheguei ao Cristo Rei sem memória, para me distrair, conduzida pela pessoa com memória que me contaria depois esse passeio. Foi numa noite sem memória que parti a cabeça numa cómoda, e noutra manhã sem memória que comecei a aprender a escrever com a pessoa com memória que me ensinou tudo de novo. "O que queres dizer?", perguntou-me, adivinhando-me palavra a palavra ao longo de cem páginas. E tudo sabendo que eu nunca o recordaria, que eu nunca saberia o que agradecer, que eu, estando, não estava ali, as pessoas que nos levaram nos braços, e nos sabiam ali onde não estávamos, e esperaram que regressássemos ali. E pensar que é ao Cristo Rei que agradeço, que me ocorre falar em fé, que é a ele, que também não me viu, que me submeto. E vejo que a beleza está em ninguém recordar, ninguém agradecer, ninguém nos ver nem saber onde estamos, se ao volante, a caminho de uma volta onde ninguém nos sabe, enganando a nossa mulher louca com um descafeinado, dizendo-lhe "aqui está um café", um segredo só nosso, que é mesmo, porque ninguém nos ouve, nem sabe onde estamos, quem foi levado em braços sabe isso porque lhe contaram e, acreditando que é verdade, regressa e acredita de novo. Conto a nossa volta de carro sem saber se a vivi. E acreditando nela, descubro o sangue da alegria de deixar aos outros o que tenho a menos.

Estava a construir uma casa nova com o sogro, no Cunene, e, nesse dia, foi buscar o homem para fazer as janelas da tal casa. O Fidel tinha uma motorizada. Depois do trabalho, dá-lhe uma boleia. E, na estrada, um camião passa por cima da moto. Ele e o amigo morrem assim.

Chorei e entreguei a dor da perda nas mãos do nosso Deus. Esta é a história. Era um bom menino. Daí decidi que filhos adoptivos jamais na minha vida. A não ser que Deus o faça. Mas sou contra a adopção. O Papá dizia que o nosso sangue é nosso. O dos outros não sabemos que maldições carrega.

A tua tia, que estava em Luanda, graças a Deus, foi até lá e fez o funeral. Aí conheceu os filhos que ele tinha tido com uma namibiana. São dois rapazes e uma menina, que vieram ao funeral do pai. Disseram-me que os filhos são tão bonitos quanto ele. Tinha-te como uma irmã.

Lembro-me de que uma vez ele ligou para mim da Namíbia e a tua irmã era bebé. E ele perguntou quem estava lá em casa a chorar como um bebé e eu disse que era o meu bebé. Ele não acreditou, depois convenci-o. Ele queria vir a Luanda ver a irmã mais nova. Perguntava sempre por ti. Falava inglês fluentemente.

Só ficou a lembrança.

4.
É o dia em que se enlouquece aquele em que se ressuscita?

Parece-se com o porto da minha cidade, navios Grimaldi Lines, Neptune Lines, gruas, contentores, automóveis, montanhas de gravilha, cimento, livro como a última recta da estrada onde um homem vai para se encontrar consigo, uma matilha de dingos, dias em que estive entupida de lágrimas, cães com garras e dentes de dragão contra o fim. Ou vejo um grifo, peixes com os olhos mortos a ouvirem o sermão de um santo, sátiros, a grande casa branca onde temo que me internem para sempre, será que enlouquecerei como Robert Schumann, John Clare, será esta lista a minha *Kinderszenen*? É o dia em que se enlouquece aquele em que se ressuscita?

Preferes um livro muito grande, cheio de muitas coisas pequenas, ou um livro muito pequeno, cheio de muitas coisas grandes?

Conheço agora o que é estar atada por dentro num nó cego, atravesso o Éden na companhia de um amigo, pergunto-lhe o que lhe parecem as flores, paramos à sombra das árvores de fruto, o vasto pomar de macieiras, as amendoeiras em flor. O meu amigo caminha comigo junto ao ribeiro, mostro-lhe como, no Éden, nem as abelhas picam. Ele é indiferente a tudo, tem a cara do menino a chorar o pai que deixaram na guerra, os olhos são vermelhos, olheirentos, o menino angolano que disse à televisão, foi há muitos anos: "Sonhar? Não tenho sonhos. Sonhar dói muito". A sintaxe, vista do Éden, é *dominatrix* das partes inteiras, mas partiu-se o mecanismo, sobra o índice dos vislumbres de luz que vi pelo caminho. Quando morreu, o meu pai escrevia um livro. Talvez, como eu, Joaquim fechasse os olhos e imaginasse o livro uma avenida longa em contraluz, um antigo campanário, as asas dos patos selvagens no voo, o vão da escada, as escadarias de mármore da torre, o trilho à volta da montanha, marginado por estacas, a clareira onde os palhaços vêm chorar, ciganos à volta da fogueira, a família de póneis estrada fora puxada pelo miúdo por uma corrente, a manada de elefantes em cortejo misterioso pela China, o lixo deixado pelo mar na praia, a boca da baleia aberta comendo o plâncton, os movimentos dos invertebrados, a caravela portuguesa raiando na corrente, violeta fúcsia e azul-bandeira, uma arca coberta de algas. Talvez, para ele, o seu livro fosse a mesa do carpinteiro, a lixa, o torno. Ou os paramentos do frade, ou o suor da pianista sobre as teclas. Qualquer coisa grandiosa quanto a roda do oleiro, os dentes de Nina Simone quando grita "I am Life", os lábios de Aretha Franklin a cantar o "Amazing Grace", o murmúrio de Glenn Gould quando toca, a araucária na Marginal de Cascais em cujo tronco se escreveu "Free Julian Assange", o olhar da activista trans frente ao Palácio de Belém, as mãos da cuidadora a fazer a cama da mãe doente, as vezes que a mãe esfrega os olhos durante a videochamada com o filho, a linfa doente a percorrer o corpo da mulher, talvez ele pensasse o livro como as células quando se agrupam. Palmas de palmeiras americanas ao vento, um conjunto de caravanas estacionadas na falésia, uma turma de meninos e meninas em fila indiana a percorrer a cidade, o barulho que levantam, risadas finas, o menino perdido da mãe a correr a estação sem medo a caminho de casa (escorre ranho), talvez, como eu, ele fechasse os olhos e quisesse ver tudo ao mesmo tempo. Os refegos no manto da Pietà, o cabelo da mãe, enrolado com ganchos abertos, a ondulação do Índico, uma sonata para cravo e violino, os miúdos na barra a saltar para a água, Cristo a fazer andar um paralítico. Talvez ele visse, como eu, uma avenida que são todas em que já andei e nenhuma delas, um escadote em direcção à Lua, uma circunferência enigmática como as que subjazem às nossas cidades. Talvez o teu problema seja imaginares que o livro são coisas grandes e medonhas. Experimenta imaginar antes uma coisa pequena. Uma joaninha, uma groselha, uma semente de morango, uma pestana, uma unha, uma escama, livro cabeça dum alfinete, bago de arroz, asa de abelha, fio de cabelo, sinal na pele, pedacinho de concha, caroço de limão, livro mirtilo, livro buraco no queijo, borbulha, anzol, grão de areia, menina do olho, botão.

Chegou a primavera após a revelação do enigma. Atravesso o Éden. Junquilhos, tulipas cor de fogo, amores-perfeitos roxos, sombrinhas vermelhas nas varandas. Agora sei como seria o fim do meu pai. Primeiro, deixei de conseguir escrever. À mudez seguiu-se o pânico, a afasia, os zumbidos, as dores no corpo, a fotossensibilidade, os delírios — a música soava a facas agudas; o crocitar das gaivotas, a gemidos de martírio — suores frios, calores gelados, sentia o café percorrer-me o corpo e subir à cabeça. Há muito tempo imagino um livro inteiro como um corpo, vivo como Lisboa.

Entre 20 e 30 de abril de 1977, o meu pai integrou "uma delegação angolana em visita ao Povo sariano, na RASD, República Árabe Sariana Democrática". Viajou como enviado especial do *Jornal de Angola*. A reportagem, "Dez Dias com a Frente Polisário", foi publicada entre 8 e 20 de maio desse ano. Joaquim Pereira de Almeida tinha dezanove anos. Esta é a sua voz. "Foi pouco depois de o sol nascer, a 25 de abril, que entrámos na República Árabe Sariana Democrática. Viajávamos num pequeno 'comboio' de cinco Land Rovers, escoltados por um grupo de combatentes do Exército Popular da Libertação. Durante quatro dias, iríamos viver com os guerrilheiros sarianos. Comeríamos a mesma carne de cabra ou de camelo, beberíamos o mesmo leite aguado ou o tradicional chá verde. Sentiríamos o cansaço resultante das viagens de dez e mais horas seguidas em cima dos jipes. Mas para melhor lutarem e estarem unidos, os Povos angolano e sariano precisam de se conhecer melhor. Era essa a nossa missão."

"Como é que o Povo sariano, numericamente pequeno, cerca de setecentas mil pessoas, conseguiu fazer face à invasão imperialista dos regimes fantoches de Marrocos e da Mauritânia? E, mais do que isso, o que tornou possível a grande contra-ofensiva das forças guerrilheiras da Polisário que estenderam já a guerra ao interior dos próprios países agressores?"

Essas são palavras de um rapaz de apenas dezanove anos. O que são dezanove anos na vida de uma árvore, de um rio, de uma rocha? A sua juventude perpassa cada linha. Leio e vejo--o de tronco nu, suado, após uma corrida em direcção ao mar.

"Somando o percurso de ida e volta, fizemos ao todo mil e duzentos quilómetros no interior da República Árabe Sariana Democrática em quatro dias de viagem. Estivemos no centro da zona de maior concentração de forças marroquinas, bem no meio do triângulo El Ayoun, Bucraa, Smara, a cento e sessenta quilómetros da capital. Só a falta de tempo da nossa parte impossibilitou que tivéssemos ido fotografar El Ayoun, hoje ocupada pelos invasores. Quando se sai da Argélia para o Saara, a natureza revela uma diferença significativa no relevo e na vegetação. Nas zonas que percorremos no Saara argelino, raramente encontrámos árvores ou elevações. É tudo areia. No Saara Democrático, há vegetação — embora seca —, elevações de considerável altura e imensos rios secos onde a água está muito próxima da superfície. E esta mudança torna-se cada vez mais acentuada, à medida que vamos para oeste, em direcção ao mar.

"A viagem, ao contrário do que pensarão alguns leitores, não se fez por estrada. Os espanhóis não deixaram nada. Os terrenos, desde o tempo colonial, estão quase todos minados para impedir a progressão dos agressores. O Saara é uma grande estrada para os guerrilheiros, que o conhecem como a palma da mão. Apesar de agreste, a Natureza, comum aos agressores e aos patriotas, acaba por ser uma aliada da Revolução. Há zonas onde os Land Rovers podem andar a cem e mais quilómetros por hora, mas noutros sítios é preciso caminhar com tracção às quatro rodas. O importante é que, seja qual for o terreno, viaja--se tranquilamente. Os marroquinos e os mauritanianos só ocupam alguns postos onde concentram enormes meios bélicos.

"A partir do segundo dia de viagem, fomos acompanhados pelo Cda. Mohamed Lamine, responsável militar da zona, membro do Comité Executivo da Polisário e do Comando da Revolução da RASD. Capitão Leopardo, chefe da delegação angolana, viajou com ele num jipe capturado aos marroquinos.

"Já noite dentro, por volta das vinte e uma, vinte e duas

horas, recolhíamos aos acampamentos do Exército Popular. A aproximação era geralmente acompanhada duma operação curiosa. Pouco antes do acampamento parávamos e ficávamos um certo tempo à espera. Depois duma série de demoradas voltas, lá acabamos por entrar. Fortes dispositivos de segurança rodeiam as bases do Exército do Povo.

"Num subterrâneo, ao ar livre, ou 'dentro de um arbusto', assim parece o compartimento visto de fora — convivemos com os combatentes apesar da fadiga que não escondíamos."

Durante décadas, a reportagem ficou guardada numa pasta preta, organizada pela ordem das edições do jornal. O arquivo não tem qualquer nota ou comentário. Apenas a sua assinatura e as palavras "Reportagem do Saara". Dez dias com a Frente Polisário. As folhas estão hoje amarelas e quase queimadas pelo tempo. As letras ainda são legíveis, mas as imagens perderam o contorno, como as pessoas que revelam, e os tempos de que contam, queimados e comidos pelos anos. As figuras humanas, as tendas, os acampamentos, os tanques de guerra, até as crianças, nas fotografias, são hoje, se ampliadas ou digitalizadas, multidão de espectros. Gritam, bradam, erguem os braços. Olham a câmara. São pessoas às quais pertence uma vida e, em simultâneo, fantasmas, espíritos de areia, murmúrios.

"Dentro de um arbusto", escreve o repórter, assim o dossier da reportagem permaneceu quase quatro décadas, dentro da pasta, trazido de Angola, prova do que havia visto e vivido. Assim o repórter dentro do meu pai, dentro do arbusto escondido, reservado. As imagens provam que o meu pai esteve lá, provam que teve um dia dezanove anos.

"Povo" escreve-se com maiúscula. Povo. O meu pai tem dezanove anos. Onde estava eu aos dezanove anos? Foi o ano em que conheci o meu marido e a minha vida mudou. No outro dia, comentávamos um com o outro, vendo notícias, que cada vez menos se usa a palavra *povo*.

Quando é que um pai começa? Aos dezanove, o meu pai era um miúdo, era um miúdo quando eu nasci, tinha então vinte e quatro anos. Mas ouço-o na reportagem no Saara, lendo-o, ouço a sua voz dos sessenta, dos cinquenta, dos quarenta, a voz de pai, meu pai, exuberante, hiperbólica, enorme, exagerada, alegre, viva. A cada linha da reportagem, o meu pai vive, insecto dentro de um âmbar, guerrilheiro dentro de um arbusto. E então penso que, aos dezanove anos, o meu pai já era o meu pai. Ou que, dentro do homem maduro, que conheci nos últimos anos, às vezes, indolente, às vezes triste, às vezes vitorioso, dentro desse homem estava o enviado especial, o mesmo, intacto, como uma múmia num sarcófago, um caroço dentro de um fruto, um feto num ventre, algo de vivo no interior de algo vivo, uma semente, uma pérola, um tesouro afogado no fundo dum rio, dentro de um cofre. O Congresso Popular de Base impressionou o repórter.

"As sessões dos Congressos têm lugar em tendas enormes, ornamentadas com tapetes e desenhos lindíssimos, feitos pelas mulheres, com temas patrióticos. Durante toda a discussão, um grupo de pessoas faz chá, quando é possível serve-se o *zrig* e num local de destaque pode ver-se o retrato do mártir Mustapha El Ouali. A ordem de trabalhos para os cinco dias incluía os seguintes pontos: situação política, militar, diplomática, organizativa, económica e social. [...] Todo o Povo tem direito de participar. Discute-se o que foi feito, o que não se fez e o que irá ser concretizado. Critica-se, propõem-se, elegem--se os responsáveis a este nível para os meses seguintes. No último Congresso de Base antes do Congresso Geral, são eleitos os oradores. Cada orador toma livremente a palavra e um camarada do Comité Central da Organização dos Congressos Populares toma nota de todas as intervenções. No final de cada sessão, é feito um resumo das intervenções. Velhos, mulheres e homens falaram sobre a guerra [...]. As pessoas falam e apontam sugestões, enumeram uma série de necessidades. A maioria reforça a continuação do trabalho que já vem realizando. Não ouvimos discursos palavrosos e cantantes. O Povo fala simples e directo."

"O Povo fala simples e directo." Eu não escrevo simples e directo. Escrevo palavroso e cantante. O meu pai dizia-me — e eu notava nisso um reparo — "eu não sei escrever erudito como tu". O meu pai escrevia simples e directo, mas nada nele era simples e directo. Tudo o que conheci em Joaquim estava já nos seus adjectivos de juventude. A gargalhada, a pressa, o entusiasmo, a vida. Seria jovem, ou terá sido jovem para sempre, toda a vida a mesma pressa furiosa, o mesmo gozo?

"Uma mulher disse que é necessário reforçar a preparação dos combatentes do Exército Popular de Libertação e que eles devem ser ao mesmo tempo quadros políticos e militares. Para que saibam traçar as operações militares: seguir a estratégia política da vanguarda revolucionária do Povo. Concluiu reafirmando o princípio que homens e mulheres, juntos, devem participar na luta armada."

Agora, que não está connosco, estes parágrafos condensam-no e conservam-no vivo. Olho as letras alinhadas na página à procura do seu fôlego. Onde as teria escrito? À luz de que candeia, dentro de que tenda. E, então, ao teclar estou a seu lado, é o deserto, lá fora a ventania e os tanques, dentro do peito do miúdo a palavra seguinte, o imenso gozo ininterrupto que conheci ao meu pai em relação à vida, o gozo da vida, que nada ou ninguém lhe conseguiu tirar.

"Um velho debruçou-se sobre a situação militar. Lembrou que a luta do Povo sariano, é igual à de todos os Povos que querem a dignidade e a liberdade e que o combate ao imperialismo cessará quando toda a África estiver libertada. No final da intervenção, recitou poemas evocativos dos heróis tombados e da luta armada. Concluiu com o último verso: 'Sou guerrilheiro e luto pela liberdade dos Povos'. Gritou eufórico e dançou, pulando até ao seu lugar na Assembleia, que demoradamente o aplaudiu."

"Demoradamente o aplaudiu." "Eufórico." "Pulando." O repórter está entusiasmado com o ambiente. As tendas são enormes. Os tapetes nas paredes são lindíssimos. Reconheço-o nos adjectivos, nos analíticos, nos superlativos. Quando estava alegre, o meu pai era todo superlativo. Quando estava cabisbaixo, também, o superlativo nele trazia-o de volta à tona, puxando por ele, como um fio puxa uma marioneta.

"É o Congresso Popular, numa tenda no deserto, mas o rapaz observa-o com espanto como diante um mundo novo e imenso. [...] O Povo e os dirigentes sarianos dão uma importância muito grande à saúde e sanidade públicas. Neste campo, procura-se não só melhorar a assistência às populações dos acampamentos, mas também criar uma estrutura que apoie convenientemente os combatentes do Exército Popular de Libertação. Apesar das imensas dificuldades com que se debatem os progressos são visíveis. As massas populares já construíram alguns hospitais e estão a edificar outros. Hoje cada *wilaya* (província) tem um hospital e uma farmácia, e existe um posto sanitário em cada acampamento. Visitámos alguns deles.

"A invasão marroquina e mauritaniana do Saara não veio só trazer o sofrimento e a morte do Povo que ficou aprisionado pelos agressores das cidades sarianas ocupadas. Também os milhares de refugiados, que estavam em Marrocos e na Mauritânia desde a guerra de libertação contra os espanhóis, sofrem hoje as represálias dos fantoches do imperialismo. A situação em que se encontram essas populações preocupa grandemente o Povo e a Frente Polisário. Bouzid Babouih é um velho sariano que viveu refugiado muitos anos na Mauritânia. Conhecemo-lo na província de Darla e ele falou sobre a situação em que estão os seus compatriotas no interior daquele País. Babouih chegou há dois meses ao território argelino juntamente com algumas famílias que conseguiram escapar à repressão dos agentes de Ould Daddah, mercê de muita persistência. Desde que o regime de Nouakchott invadiu o Saara, obedecendo às ordens do imperialismo, os refugiados sarianos vivem em condições dificílimas. Todos os que ousam reivindicar a libertação ou contestar as miseráveis condições em que estão sofrem torturas físicas e morais. O próprio Babouih esteve preso oito meses e quando foi libertado deixou na cadeia setenta e dois camaradas. Os prisioneiros são alvo de represálias sempre que o EPL inflige qualquer pesada derrota aos mauritanianos. [...] Quando a guerra acabar o que pensa fazer? Quero que a guerra acabe depressa para voltar. É que sozinho não posso fazer nada."

Ao longo dos anos, quando estávamos à mesa, no fim de almoços e jantares de fim-de-semana, o meu pai falava da "carne de camelo crua com areia" que comera no deserto. Nada mais nomeava dos "Dez Dias com a Frente Polisário", apenas esta curiosidade gastronómica, com a qual talvez pretendesse lembrar-nos a sorte que tínhamos de ter uma refeição saudável e saborosa. "Carne de camelo com areia!", exclamava, e fazia um ar brincalhão de nojo, para nos divertir. Nada mais sobrara ou, pelo menos, nada mais mencionava. Poupava-nos a outros pormenores, que talvez o visitassem nos pesadelos. Entre esses fins de almoço e aqueles "Dez Dias com a Frente Polisário" dera-se a tempestade de areia dos anos. Homem planície de areia, devastado pelo vento, o que vira estava agora soterrado — voltando de noite, quando dormia, não tenho a certeza.

"Nos acampamentos de refugiados, em território argelino, junto à fronteira com a República Árabe Sariana Democrática e depois dentro do território da RASD, *o contacto tido com o Povo e os combatentes permitiu o estreitamento da amizade e da solidariedade entre os nossos dois Povos. A delegação angolana foi recebida em Tindouf por Brahim Ghali, membro do Comité Executivo da Frente Polisário, do Conselho do Comando da Revolução da* RASD *e ministro da Defesa, e por outros membros do Bureau Político da Frente e do Conselho Nacional Sariano.*

"Durante os dias em que visitámos os acampamentos de refugiados e depois quando contactámos com os combatentes do Exército Popular de Libertação, em território sariano, ficou bem patente a profunda amizade que liga os nossos dois Povos. Por todo o lado, o Povo tributou aos angolanos uma hospitalidade inesquecível. De facto, estivemos sempre em casa.

"De toda a gente, dos dirigentes, dos combatentes e do Povo, ouvimos palavras de ordem do MPLA *e análises correctas sobre Angola, o* MPLA, *o Povo Angolano e o Camarada Presidente Agostinho Neto. Há uma informação relativamente grande sobre a luta do nosso Povo e este goza de grande prestígio entre os sarianos.*

"Em todas as conversas e nas sessões culturais a que assistimos, encontramos um nível político e cultural notáveis. As análises feitas sobre a evolução da luta no Saara, no continente africano e no Mundo em geral provaram a todo o momento a identidade da nossa luta. Estiveram sempre patentes o ódio ao imperialismo e à

exploração do Homem pelo Homem, a grande confiança na solidariedade militante entre os Povos em luta e a existência, em todos os campos, duma orientação política baseada em princípios revolucionários e científicos. Fomos alvo, em todas as ocasiões, de extraordinárias manifestações de sincera amizade, só possíveis entre quem luta pela Liberdade e pelo Socialismo. No último dia da estadia entre o Povo sariano, a delegação angolana encontrou-se com o camarada Mohamed Abdelaziz, Secretário-Geral da Frente Polisário e Presidente do Conselho do Comando da Revolução da RASD, *que na oportunidade dirigiu uma saudação ao Povo angolano, ao* MPLA *e ao Camarada Presidente Agostinho Neto. Mohamed Abdelaziz entregou ao capitão Leopardo, chefe da delegação angolana, uma oferta do Povo sariano para o Presidente Neto. Nessa ocasião, foi mais uma vez possível reconhecer a identidade de pontos de vista face à Revolução nos dois países e à evolução da situação no nosso continente.*

"Cada Povo tem os seus costumes, as suas tradições e a sua história. Os sarianos travam, no presente, uma luta heróica contra o imperialismo. Participa nela todo o Povo. A vida que fazem é praticamente comunitária. Não há dinheiro em circulação, todos trabalham voluntariamente, não há criminalidade, o modo de produção é primitivo. Estes factores influenciam acentuadamente o carácter do Povo. A religião muçulmana tem grande força e é considerada oficialmente a religião de Estado. A mulher, enquadrada na 'União das Mulheres Sarianas', participa activamente na vida política e social em plano igual ao do homem e começa já a integrar as fileiras do Exército Popular de Libertação. Isto é um grande avanço relativamente às ideias atrasadas do passado. Como não podia deixar de ser, o colonialismo nada fez no Saara para além de roubar as riquezas do Povo. Não há um único médico sariano. O desenvolvimento das forças produtivas é nulo. Antes de passarmos a falar sobre a vida nos acampamentos de refugiados, abordamos hoje, nas páginas centrais do nosso jornal, alguns aspectos

da vivência do heróico Povo sariano. O Povo sariano que está refugiado nas acampamentos, em território argelino, constrói uma vida nova apesar das duras condições em que se encontra. É fora do vulgar, mesmo entre os Povos que já alcançaram a liberdade, encontrar tanta alegria de viver. Os velhos parecem crianças, as mulheres dizem nos poemas que 'se orgulham dos filhos mártires da Revolução', os pioneiros vão pela primeira vez à escola. Toda a gente trabalha e não recebe dinheiro. Tudo é distribuído equitativamente. A assistência médica e o ensino são gratuitos, não existe Polícia. Num dos acampamentos de Darla, estivemos num jantar onde estavam alguns dos primeiros combatentes da Polisário, um sariano que conseguiu escapar da Mauritânia já depois da invasão do Saara e alguns dirigentes da Frente. Falou-se muito sobre o Povo sariano e a sua história. Franco, o ditador espanhol, dizia 'o Saara não vale nem o sangue de um legionário...' O passo seguinte foi só, mas só, a repressão e humilhação do Povo e a exploração da maior riqueza do país, o fosfato. Desde há muito que o Povo sariano vivia agrupado em tribos. Eram cerca de quarenta, dirigidas por uma espécie de conselho, e resistiram sempre, de armas na mão, ao colonialismo. Este nunca conseguiu penetrar no seio das massas e foram vãs as tentativas de as dividir. Ora, não há um único médico, o país não tem indústrias. Como dizem os sarianos, 'o desenvolvimento das forças produtivas é nulo, o modo de produção é primitivo'. A formação da Polisário, em 73, veio dar às lutas de resistência um carácter revolucionário cada vez mais acentuado. [...] A vanguarda do Povo empenhou-se desde a sua criação no reforço da unidade nacional, respeitando as tradições do Povo e a religião. Pouco a pouco aumentou a consciência patriótica: Ao que se chegou? Aplicou-se a uma sociedade, que parece nem sequer ter passado ao feudalismo, a teoria científica da Revolução. Note-se que mesmo no passado a única propriedade privada que existia era limitada à família e aos seus bens."

Um acampamento no Saara. Ouço aos fantasmas murmúrios, se chego o ouvido às tendas.

Ismael   Abdul   Alina

Falam no sono. Ismael sonha com os olhos da mãe, que enterrou há dois meses. Abdul sonha com um prato de frutos. Alina vê campos negros e faiscantes do outro lado dum rio escarlate.
    Ou não sonham. E durante dias, meses, as suas noites são brancas e densas, nada se vê, nada se ouve, nada se passa. A cada manhã, acordam com o calor na tenda aos primeiros raios de sol e é, de novo, dia e revolução, dia e caos.

Sol e areia. Se calhar, sonham acordados, têm visões, durante a vigília.

Os pés estão em sangue, de caminharem na areia, estão magros e secos como espíritos, distinguem-se pouco das dunas.

Onde terá dormido o meu pai? Em que tenda? Digo "meu" e introduzo-me no acampamento, como agressor temido, mancho comigo a composição estudada do acampamento, traio a ordem militar designada.

Volta-me numa vertigem outra tenda, outro acampamento, trinta anos depois.

O meu pai deixa-me na tenda de noite e vai dançar com a namorada madrugada fora. Estou sozinha e não tenho medo e, passado pouco, assusto-me com a pinha que caiu do pinheiro, e levanto-me, saio da tenda, estou aflita.

Não sei já se sonho se é verdade, todo o meu pai é areia e eu areia também.

Olhando as tendas, nada do seu interior é revelado. Por fora, a areia dá a tudo um acabamento limpo.
　　Os dedos, as mãos, os braços a agarrarem as enxadas. As mãos do repórter. Vejo o meu pai escrevendo a reportagem. Escreveria dentro da tenda? Tirou notas durante a viagem, decerto. Talvez num bloco, num caderno.

Os V de vitória, as unhas sujas de poeira, as unhas sujas de poeira do repórter. E, ao fundo, ainda insondável, o fogo que comeria as mãos do repórter num crematório, após o fogo do tempo ter comido aos poucos as suas palavras, que se foram apagando das folhas de jornal, como se apaga um papiro, uma inscrição na areia, ou como o mar destrói um castelo à beira-mar, erguido por crianças na praia, só às crianças sozinhas falam os espíritos daqueles que ao mar condenámos, algumas figuras, algumas letras, simplesmente se apagaram, apagamento que se deu enquanto a reportagem esteve guardada na pasta. Aí, as folhas amareleceram e as pessoas nelas, enquanto, algures na Terra, as mesmas figuras foram envelhecendo.
　　A guerra persiste até aos dias hoje, a República Árabe Saaraui Democrática ainda reclama soberania sobre todo o Saara Ocidental.

Netos, sobrinhos, bisnetos, primos das figuras de areia que vejo. Caminham ainda na areia, algures no deserto, ainda em tendas, vogam verticais, ainda.

Os netos de
Ismael   Abdul   Alina
Sonham em tendas com pratos de frutos, éguas albinas,
    caras com barba vistas um dia, telemóveis

O meu pai montado num cavalo branco cego
Que vi um dia na beira da estrada
Os dois olhos brancos, tal as suas crinas
O meu pai montado no burro magro
Que vi num prado só e sarnento
O meu pai ao leme dum veleiro
Meu pai capitão de todos os navios cargueiros
Que vejo na janela

enquanto escrevo
Meu pai capitão do *Judea*,
A domar um leão de fogo
Meu pai da Água e da Terra
Ministro plenipotenciário

Polícia sinaleiro,
mas nunca soube dançar
Expedicionário, imperador, deus grego,

Enviado especial ao avesso dos sertões do silêncio
Toda eu sou por ele, a cabeça lateja, o estômago aperta, tem-
    pestade de ansiedade traqueia abaixo, até à base dos pés,

Os vizinhos falam — e ouço — ela fala mais alto do que ele, reclama e aquece-me, barafusta e

Tenho pena de não entender o que diz, do outro lado da parede,

Meu pai na cauda do arco-íris duplo, ele que manda vir a chuva e comanda os ventos, às vezes perco o meu tempo a pensar em coisas inúteis como o modo como perdi a minha caligrafia. O meu pai também perdeu a sua, não sabia escrever à mão, só no teclado.

Escrevo e lembro. Os desenhos que me fazia pareciam feitos de fósforos, faziam-me rir à gargalhada. As histórias que me contava do Papagaio Jacó. O ano em que primeiro tive consciência de saber a sua idade: "O meu pai tem trinta e seis anos. É mais novo do que o teu", disse à minha melhor amiga, toda vaidosa, brincávamos com Barbies.

E, em simultâneo, não. Nada. Meu pai só a mão que guardou a reportagem na pasta. Registadas, as pessoas da reportagem são areia, hoje, letras apagadas.

A bandeira ao vento, muito maior do que o homem. Ele grita palavras de ordem. O céu é claro, vento e chapão de luz. Os homens fazem o V de vitória. Estão muito perto uns dos outros. Têm turbantes na cabeça, talvez esteja calor.

A que cheira o deserto?

Em primeiro plano, à esquerda, o menino tem a língua de fora e esboça o V de vitória. Onde estará o menino hoje? Quem é? Os nomes desta gente toda — de cada um dos homens. Os seus dedos hirtos em V de vitória. Será que *vitória* em árabe começa por V?

O homem de túnica negra empunha a bandeira. O vento enfuna-a. Os outros homens correm no cortejo do vento. Estes homens de areia são areia. As imagens são mudas, mas ouço o vento na bandeira, os gritos e os passos dos homens, a turbina do vento na bandeira.

Na imagem ao lado, os homens estão colados uns aos outros, numa massa de gente. É um protesto. Punhos ao alto. Cada uma das caras e cada um dos olhos, adentro delas até cada um dos peitos. Como se chamam? Quais os seus sonhos? O que deseja a figura de bigode, em segundo plano, de olhos fechados — o que brada por dentro, além do grito de revolta? Conto-os. Conto dezassete cabeças, os turbantes são a primeira coisa a desaparecer da imagem: o tecido é comido pelo tempo mais depressa do que a pele, mais depressa do que a alma. Dezassete cabeças, dezassete farrapos.

À frente, um homem velho e, logo atrás, dois jovens da idade do repórter, mais coisa menos coisa. Onde estão hoje? Em cada homem, a vida e a morte — mil e um sonhos como os mil e um grãos de que é feita uma imagem. Talvez o homem velho já tenha morrido. Quantos filhos terão tido todos estes homens juntos? Quantas mulheres? Quantos outros terão matado?

Agora os mesmos, outros, e riem, gritam. Braços no ar, o V de vitória. Há muito barulho na imagem.

Só um homem finamente vestido de branco e um homem fardado. Uma mão estende uma oferenda. O homem finamente vestido está atento, concentrado.

Um dos Land Rovers do comboio de cinco Land Rovers. Dois homens fardados. A imagem é geométrica e metálica. Talvez o último jipe do comboio, a cauda, vigiando o corpo do comboio.

Armamento pelo chão, prova dos ataques dos agressores. O comboio de Land Rovers encontra um tanque de guerra. Despojos de um ataque, mato rasteiro. O armamento pelo chão nascido do chão. As munições eclodem da areia, picam como cactos.

Um homem diante dos despojos do ataque. O corpo é tenso, há um susto na figura, de braços hirtos, ao longo do tronco. Não há corpos humanos entre os despojos senão o corpo do homem, vertical elemento que não tombou. É guerrilheiro, porventura, mas relembro-o santo no deserto, estilita de regresso, o único homem vivo. Deu com as munições na sua expedição solitária, expedição do último homem por um deserto vazio. Estamos no passado, mas o homem veio do futuro. A sua verticalidade apagada pelo tempo sobre a imagem — condu-lo ao futuro, além da vida destas notas. É homem de daqui a trezentos anos, após o fim do mundo. Único santo restante, tirando notas da destruição que deixámos quando destruímos o mundo. Ninguém lê arquivos. Os arquivos é que nos lêem. Ninguém se lembra de nada. O nada é que nos lembra.

Olho a menina de saia rodada no deserto — não há justiça no mundo, penso — quantos filhos terá tido? Estará viva? Morreu de tifo ou de tuberculose? Morreu no parto do primeiro filho, é viva e feliz, independente, ainda hoje? Voga como sopro, camisola de areia, as mãos tocam uma na outra, com medo e curiosidade. Anda por ali a tentar perceber quem são os forasteiros. Quem és tu, menina? — pergunto-lhe — Quem és tu, mulher? — responde-me — Que é feito de ti, menina? — Que é feito de ti, mulher? *Que me queres?* A menina de areia vem doutro tempo. A gente do deserto vem de muito antes ou de muito depois. O deserto é onde os mensageiros se encontram.

O tempo comeu as imagens comeu as letras comeu as pessoas comeu a sua alma comeu a mão do meu pai também as minhas mãos o tempo comerá como comeu as imagens comeu as letras comeu as pessoas comeu a sua alma comeu a mão do meu pai também as tuas mãos o tempo comerá como comeu as imagens comeu as letras comeu as pessoas comeu a sua alma comeu a mão do meu pai as imagens comeu as letras comeu as pessoas comeu a sua alma comeu a mão do meu pai.

Concentro-me nesta estranha coincidência. As folhas de jornal desbotam ao mesmo tempo que desbotam as pessoas que nelas vemos, à medida que desbotam as mãos que as guardaram na pasta, as mãos do repórter. A pasta não preveniu o apagamento. O tempo agiu sobre as folhas como sobre o mundo.

Talvez Alina tenha sonhado com o repórter de barbas até muito depois de o ter visto no comboio de Land Rovers — e ele lhe apareça em sonhos ainda hoje, imagem funesta, que a assusta, ou visitação branda e doce, que a conforta.

Leio-o em cada linha da reportagem, prévio ao cansaço e ao envelhecimento. Aqui, Joaquim é uma chama acesa. *"O youth! The strength of it, the faith of it, the imagination of it!"* "Ó juventude! A força, a sua fé, a imaginação!", escreveu Joseph Conrad. Era assim o meu pai, como os marinheiros nos portos e navios conradianos, rodeados de capitães Leopardos, Panteras, Hienas, Chitas, miúdos que dariam a vida por uma aventura. Nunca notei em Joaquim sombra de lamento por ilusões do passado. Quase aposto que não as considerava ilusões, mesmo após quarenta e cinco, cinquenta anos. Nem aos sessenta e dois olhava o narrador destas linhas com condescendência ou se sentia retrospectivamente iludido naquele ódio e entusiasmo. Nunca ouvi ao meu pai queixume pela sua juventude, ou pela juventude. O rapaz no Saara estava nele. Projectos e sonhos, planos grandes, enormes, sarianos, por vezes. Um sonhador convicto, como o rapaz narrador. E, ao mesmo tempo, relembro os seus olhos olhando os meus, os nossos. Vejo que nos via, tendo visto tudo isto. Talvez, como o tempo comendo as páginas da reportagem, as visões do deserto fossem, no fim, areia que a ventania soprou. Vejo os seus olhos se fecho os meus. Pequeninos e sorridentes. E, então, encaro o que viu, ainda que com esforço, lançada na ficção: cada um dos guerrilheiros, os Land Rovers, as crianças, "colaboradoras da Revolução", as ossadas humanas amontoadas na areia, as fogueiras acesas e as panelas ao lume, os gritos e os V de vitória, os braços erguidos dos resistentes. Tanto e tão pouco, a imensidão diante da visão quotidiana do amor, suspenso num burgo suburbano. Ou talvez não. E toda a sua segunda existência, plena de rotina e paz, habitada por guerrilhas mínimas, talvez tivesse sido tão imensa como o deserto naquele mês de abril quase cinquenta anos antes. Não me sei decidir. É tudo areia.

Centenas salvam uma baleia na Austrália, molham-na e rolam-na na areia, devolvem-na ao mar. A menina que chucha no dedo, a subir a rampa, a outra, que vai pondo uma mecha de cabelo na boca, passos rápidos no andar de cima. Ele escreve, ligo a televisão, a mulher diz: "Ainda não percebi porque é que eles estão a destruir as nossas casas. Porque nos estão a matar?". Reparo que tem os lábios pintados de vermelho. Porque terá pintado os lábios?, penso. Pintar os lábios num cerco. Baixo o som. A mulher chora. Fecho os olhos e durmo. Estarei gravemente doente? Ou grávida? Costumava imaginar um ciclope negro monstro ameno, era o caseiro da vivenda em frente, "já avisei minino que não pode fazer festa de noite". A vizinhança repreendia-o pelo barulho que o patrão, um playboy, fazia, ele encolhia, tinha o porte de um rei, descia à condição de uma traça, pedia muitas desculpas, muito envergonhado. Na sexta-feira santa, a dona da casa em frente tratou do jardim, podou o azevinho, peneirou a palha, deu de comer aos coelhos, apanhou ramos secos, leu à sombra, às quatro da tarde, sentou-se a beber uma flute de champanhe.

O homem vai no comboio e escreve num guardanapo enquanto olha pelo vidro. Houvesse modo de arquivar todas as imagens que alguma vez nos passaram pelos olhos e o renque de prédios seria só mais uma visão após o deserto, a savana, a neve no Kremlin, a maré baixa em Copacabana. O homem quer pôr tudo o que já viu no guardanapo, mas um guardanapo é uma coisa tão pequena e a viagem do homem até casa coisa tão curta. Mesmo assim, o homem confessa-se ao guardanapo, esquecendo as conversas na carruagem. Começa com uma visão, meia palavra, depois palavra inteira — céu. O homem é uma labareda a conversar com o guardanapo. Na carruagem, o homem pega fogo sentado junto à janela, mas ninguém dá por ele.

O homem e o livro. Joaquim havia perdido a caligrafia há décadas e só era capaz de escrever no teclado. Andava a escrever o livro, mas nunca ninguém o havia visto a fazê-lo. Talvez o escrevesse com os olhos do espírito e gravasse as coisas e as luzes numa membrana da memória, vertendo-as, depois, de madrugada, no computador, enquanto a família dormia. Entre ele e o livro, havia a família. E entre família e livro, a sua cabeça. Não se tivesse o livro tornado um monstro de vários focinhos, e talvez Joaquim o conseguisse cuspir, vomitar a papa indigesta. Pô-lo cá fora, livrar-se dele. Agora, porém, livrar-se do livro era livrar-se de quanto era. Deixara de haver distinção entre ele e o seu projecto. Terminá-lo era terminar-se. Chegar ao fim do livro seria acabar com a sua vida. Temia continuá-lo como alguém teme a precipitação do próprio suicídio. Fugia-lhe. Adiava-o. Já ninguém perguntava tanto por ele, de qualquer modo. Sem o confessarem, todos se haviam habituado à ideia de que nunca o faria e a desilusão no seu olhar já não adjectivava as esperanças goradas nesse projecto, mas tudo aquilo que o homem era, e ele também já não ligava.

A vida chegava ao último terço. Nada do livro. Mesmo que o escrevesse, nada seria como tinha imaginado. Não ia a tempo de transformar a sua vida. Não o aguardava a fama. Era do tempo em que o escritor era um arauto, uma lanterna a conduzir a multidão na noite, mas sabia não ir a tempo de conduzir com a sua voz o andamento do mundo. Já nem sequer ressentia a celebridade dos outros, os da sua geração. Mudava de canal, desligava a televisão, deitava fora o jornal. Refugiava-se no olhar do seu cão, que o entendia. Talvez ao cão Joaquim tenha lido em voz alta páginas do seu livro escrito de madrugada, quando eram os dois únicos seres a pé na casa.

Nunca ouvi o meu pai ler em voz alta. Não sei a que soava a sua voz quando lia uma história. Nunca me leu uma história para me adormecer. Apenas inventou histórias, sentado na beira da minha cama, ou deitado ao meu lado, antes de me apagar a luz. Nunca me leu contos de fadas. Foi o meu livro de fábulas. O meu pai foi o meu primeiro livro.

Tímido, noite escura, Joaquim lê ao cão o primeiro parágrafo do livro. O cão olha-o, imagina que receberá uma guloseima. Perante o cão, o escritor sente-se diante de um juiz dos seus escritos e, em simultâneo, diante de ouvido cândido como o de uma criança. O cão escuta-o. Joaquim vai descansando e sentindo-se menos nervoso. O cão pestaneja. Fecha os olhos. Lambe as patas. Dorme. Joaquim continua, sentindo que as palavras penetram o corpo do cão e se misturam no seu interior com o sangue de que é feito.

Nunca perguntei ao meu pai
    O que viu durante as reportagens da guerra, Angola fora
    Quem foi a sua primeira namorada

    O que o meu pai viu e ouviu com os olhos e ouvidos que o
        fogo comeu
    Pessoas decepadas
    Braços e pernas desagarrados dos corpos
    A bruma sobre Copacabana
    A neve na RDA
    O bigode de Agostinho Neto
    A chuva tropical sobre Havana
    O carnaval do Rio no fim de 70
    O deserto do Saara
    Aquela cubana dos rolos na cabeça
    O rabo de algumas duzentas mulatas
    A cara da minha mãe quando ele lhe disse que era o fim
    O meu corpo quando nasci
    O Índico
    A voz de Samora Machel, no dia da proclamação da inde-
        pendência de Moçambique, no Estádio da Machava
    Saber o corpo e cabeça do meu pai comidos pelas chamas
        do crematório é encarar na Terra um planeta suplente.

Coisas que arderam com o meu pai
O seu pé de chumbo para a dança
O Estádio da Machava
A fúria com que bebeu, riu e escreveu
O veleiro *Lectícia* vogando no Índico
O sexo todo que fez de Moçambique à Argélia
O seu materialismo dialéctico
O ódio aos yuppies e o amor aos pobres
A ilha de Luanda
O cheiro a jornal impresso à porta da tipografia do *Jornal de Angola*
O olhar do meu irmão
A fastidiosa rotina dos anos de chumbo em algumas das redacções em que trabalhou
O Natal
O 11 de Novembro de 1975
Portugal

Se, primeiro, se calava, ouvindo os outros, aos poucos, o meu pai tornou-se livro falado. Da cabeceira da mesa, contava as suas histórias e era recebido pelo presente com tédio. O meu pai que tudo viu antes dos vinte e quatro anos, repórter aventureiro na comitiva de chefes de Estado, acabou recordando as coisas que esse puto viu e ouviu a uma plateia deslocada. E lá acabava por calar-se, por conter-se, levava a mão à testa como se recordasse não os factos mas os sonhos, custava a crer que era o mesmo que aquilo tinha visto e ouvido, o mesmo viajante agora encerrado em existência monótona. O livro do meu pai era esse miúdo dentro dele, barbudo, cabeludo, escanzelado, óculos de massa. E, ao vibrar nele, o miúdo foi definhando e perdeu a luz à medida que, fazendo o meu pai vibrar, o matou. O best-seller por escrever matando o meu pai a pouco e pouco. O miúdo que o meu pai foi matou o meu pai aos poucos e comeu-lhe a luz.

Joaquim falava alto em jovem. Depois, o pai da voz alta foi, largos anos, um homem silencioso. Observava-nos, talvez ruminando que a vida familiar fosse um estorvo à aventura, não sei. Foram os anos em que se terá acomodado a nós e ao seu destino. Se a vida que lhe conheci era a coda de uma juventude aventureira, o silêncio revelava como a aceitação da coda não fora simples. O silêncio durou a idade que tenho, aos quarenta o meu pai passou calado e voltaria à voz anos mais tarde, conformado e afeito. Em que pensaria ele, olhando-nos, quando permanecia em silêncio? Nunca saberei. E, ao mesmo tempo, aflige-me pensar que criar-me, criar-nos, tivesse estorvado o sonho, fosse este qual fosse. "Às vezes, apetece-me escolher um destino exótico e partir", escreveu-me numa carta nessa idade, "mas escolho ficar, não podia estar noutro lugar, não queria estar com mais ninguém." Teremos sido estorvo ou desejo, estorvo ou outra coisa? Revejo-o calado e penso que nunca lhe perguntei em que pensava tanto, que nunca então me questionei sobre a sua felicidade, quando Joaquim se levantava da mesa e se ia deitar na cama.

Anos antes, iam a pé. (Não tinha carta de condução.) Os passeios eram antecedidos por enorme entusiasmo. Começava a falar deles à filha na segunda-feira. Sábado, a seguir ao almoço, partiam. Até à estação, o caminho era uma avenida de vivendas ladeada por loendros em longos cachos. Seriam quinhentos metros, mas pareciam cem quilómetros. Iam pela estrada por causa dos cães. A meio da estrada. Era o começo da tarde e, por vezes, estaria frio ou um céu cinzento, mas era sempre o mesmo dia radioso de verão, sempre o mesmo fim de tarde dourado. A certas épocas ou momentos cabe uma meteorologia errada, estática, conservada no tempo como uma imagem num slide, como se não houvessem ocorrido vezes sem conta, mas apenas uma vez fixa e infinda. De mãos dadas, ela pulando e falando muito alto, a fazer perguntas e a dar gargalhadas, a menina achava graça a tudo o que o pai lhe dizia. Ele parecia saber tudo e ser a pessoa mais engraçada que havia. Atrás dos portões das vivendas, a cada metro, um cão muito grande ladrava-lhes. Ela assustava-se. Dava um pulo. "Não tenhas medo do cão. Não te faz mal. É teu amigo." E aproximavam-se do portão para ver o cão que lhes ladrara, agora mais calmo, a farejá-los intensamente. E o cão olhava a menina nos olhos, que estremecia de medo, de mão dada com o pai, que se ria dela e do cão. "Estás a ver? Não precisas de ter medo."

O homem e a menina à sombra dos loendros. Ele apanha-lhe flores dos quintais das vivendas, que espreitam a rua. São pouco mais de cem metros, mas a avenida chega para conversar com cães e fazer um ramo de flores, para falar sobre tudo. O destino é a estação de comboios, Lisboa, mas qual o destino dentro do pai, para onde vai ele, levando-a pela mão, como em fuga? Parece uma partida. Ele levava-a a passear a Lisboa, levando-a a crer que vão a Lisboa, quando, na verdade, o destino é o desconhecido — algum porto de abrigo que o homem só encontra na rua aberta, longe de tudo o que é familiar. Ela vai com ele a Lisboa. Ele vai à procura de uma porta, de um sentido. E encontrando nela a ingenuidade com que a menina crê que o pai a leva a passear, a via procurada pelo homem é menos obscura, o caminho mais claro, ainda que incerto, a perdição menos dolorida.

    Andam pelo Rossio. Param sempre nas mesmas tascas. Primeiro, o homem bebe cervejas, depois, pede meio whisky. A menina bebe Trinaranjus e Sumol de ananás e petisca amendoins. A menina vai olhando em volta e faz perguntas, mas vai fazendo menos, o pai vai ficando alheado. A menina fala-lhe com os olhos, tenta ver se ele está bem. Os homens da tasca metem-se com ela, perguntam-lhe o que quer ser quando for grande. O pai assente e responde com o nariz, aprovando o curto diálogo. Na tasca, o homem branco e a menina não são olhados de lado. Os bêbedos falam alto, dizem palavrões. A menina fica contente a petiscar um pratinho de feijoada. O pai está com ela e não está. Olhando o outro lado do balcão, os seus olhos movem-se depois para a freguesia e, na direcção de tudo, observa com distância mesmo a menina, que busca saber com os olhos se o pai está bem. Ele diz-lhe que faça pouca confusão, chegando a boca ao ouvido dela. Pagam e saem já a tarde cai. O homem tem um hálito a álcool, ao ajeitar o cachecol à volta do pescoço da menina. A menina puxa o pai pela mão, conduz o homem, que parece não saber o caminho.

Joaquim dizia-me estar à espera de que morressem algumas pessoas para publicar o seu livro. "Já morreram quase todos. Ainda faltam alguns."

contraplacado, esta palavra, contraplacado, de que será feita essa matéria?, restos de madeira prensados em restos de madeira, como as minhas memórias estão prensadas umas às outras dentro da minha cabeça, cortantes como lâminas, a cabeça rebentada do Alberto, quando entrei no quarto dele, o corpo decepado que vi no Huambo, a primeira mulher com quem dormi, a primeira vez que uma mulher abriu as pernas para mim, vou por ela adentro, hoje de novo, entro na gruta, lá dentro aguardava-me o inferno, o fogo das primeiras noites na terra, o silêncio de gelo que precede o nascimento de todos os livros, a vida na vila pesqueira onde me recompus, o luto da minha juventude e da morte a que ela me levou, tudo isso estava dentro daquela mulher que nunca mais vi, estava dentro dela, nesse inferno, os gritos no Estádio da Machava, no dia da proclamação da independência de Moçambique, e muitos anos depois, o tamborilar nas máquinas de escrever na redacção, quando pensei, por instantes, em paranóia, que as máquinas escreviam as notícias sozinhas, há uma criança abandonada dentro desse inferno, que talvez seja eu, talvez seja quem fui, uma floresta onde a deixei um dia, depois de a termos trazido às costas, durante a noite, sabíamos que não sobreviveria à viagem, só não sabíamos a verdade, há eu e ele no barco a deixá-la na praia e o que se seguiu, e, mais fundo, há o projecto, a tortura de imaginar que um dia contaria tudo como foi, lâmina a lâmina, descascar a cebola, mas não, hoje entretenho-me com quê? O acasalamento dos pombos, sou especialista em quê? Especialista na reprodução dos pombos dos telhados da vizinhança, prenso a mentira com páginas e páginas em branco, que é isso que a mentira faz à vida, dilui-a até perder o nexo, as ligações, tenho aqui, sobre a mesa, o cinzeiro, o maço de tabaco, duas canetas, ouço o meu tamborilar no teclado, que foi tudo quanto me restou do passado, às vezes, ponho-me a escrever e não digo nada, escrevo sem conseguir escrever, despejo-me como dentro daquela mulher, fui eu quem a quis matar, matar o Alberto, a criança, os nexos perdem-se, o busto de um general grego, ao qual o tempo roubou a ponta do nariz, parte da sobrancelha, parte do elmo, apagar-me não do papel mas da cabeça, a primeira mulher avisou-me, quem entra em mim, não sai, a melhor maneira de dizer que não confies em nada do que te digo, que tudo quanto alguma vez senti é uma fraude, os nossos amigos, os almoços, estava cansado de saber que o amor não existe no mundo, o que tinha em mãos?, a casa remendada, um novo galheteiro, meia dúzia de móveis, o cheiro a lavado, dava-me por contente, esses anos, com uma cama passada a ferro, dormia com a sensação que deve ter um sem-abrigo após uma década passada na rua, deitava-me na cama e sentia os ossos contra o colchão, a colcha sobre o corpo nu, estava capaz de dormir mil anos, doía-me cada osso e cada músculo, pensando bem, nesse tempo, não havia livros nem projectos de livros, a vida bastava-me, começava a minha vida com a Laura, mas chegara à nova vida em fuga, sentia-me e sabia-me um impostor a fazer-se passar por cordeiro, sabia-me um criminoso em fuga, anos antes, na outra vida

O que seria para Joaquim ter pernoitado no Saara, com a Frente Polisário, conhecido os mares do mundo, e viver frente a um Continente Bom Dia? Os vizinhos do meu pai não sabiam quem ele era. Vendo-o entrar e sair de casa, a caminho da estação, pesado homem de meia-idade, não era possível sondar o que testemunhara ou os mundos dentro dele. Desse confronto entre passado e presente, entre o horizonte visto, a vastidão provada e o quotidiano sensaborão, o meu pai descobriu-se a meio, como o seu livro. Mas imagino ainda o que sonhava. Desdenhava dos autores da sua geração e insinuava que o seu sucesso era imerecido. Lia cada vez menos, com dificuldade em concentrar-se ou talvez porque os livros dos outros o lembravam do seu próprio adiamento. Que importava afinal tudo ter vivido, se não o contava? Em vez de escrever, matutava, meditabundo. A memória de elefante, fatal condição, vertia-se em aflições nocturnas. Algozes, o cárcere, os capangas, em lugar do que gostaria de ter escrito e, assim, a beleza e o terror do que testemunhou na juventude apareciam-lhe só nos amigos que tinha no bairro, irmãos perdidos: o louco a quem alguém pegou fogo, o cantoneiro que assobiava e mandavam calar, o cigano que chorou a sua morte, a pobrezinha que, inconsolável, perguntou, ao sabê-lo morto: "Que será de mim sem o sr. Joaquim?". Santo ateu, franciscano, estava bem entre os pobres como um deles e de nenhum tinha nojo. O seu livro, que começara carreira projectada de mundos maravilhosos, ia, no fim da vida, dos dias idos à conversa de rua, entre os amigos da rua, por quem o meu pai não tinha compaixão alguma, que eram para ele seus irmãos, os outros braços da jangada, numa maré cujas regras selvagens lhe metiam asco.

"Parte a luz que há dentro de ti e descobre o teu próprio gelo. Não deixes que nenhum dos opostos te queime os dedos", escreveu-me Joaquim numa nota, tinha quarenta anos.

Se eu tiver percebido que o meu pai, não Portugal, era o meu país? Se, em vez de órfã, tiver, à sua morte, renascido apátrida? "Apátrida: Que ou pessoa que perdeu a sua nacionalidade e não adquiriu legalmente outra, que ou pessoa que não tem pátria." Se tiver perdido a minha nacionalidade na medida em que perdi o meu pai, se não ter pátria for o mesmo que não ter pai? Não queria ser sentimental, mas como podia não se comover, agora que empacotava a casa que lhe custara a vida inteira a mobilar? Vivera com ele em oito apartamentos, mas só ali haviam tido um quarto. Todas as divisões estão possuídas pela peste do luto e a atmosfera já não era a das primeiras manhãs. Não queria cá tristezas, mas imaginava a sua bagagem a vogar no Atlântico, e a visão causava-lhe vertigens. Essa imagem: a sua casa, cada um dos seus objectos, a atravessar o Atlântico, empacotada em caixas. O aparador dos avós que viera de Moçambique para a metrópole, de novo em mar alto. Que ondas veria a sua bagagem, antes de a rever do outro lado do oceano? Que histórias aprenderia nessa travessia, guardadas nas gavetas, escondidas na papelada, que mistérios viveriam consigo na casa que a aguardava do outro lado, coisas que só a mobília sabe e não revela? Escrevo sobre a minha origem. Escrevo sobre nada. Mergulho na imaginação. A mente entorpece, emudeço.

O meu pai morto mostra-me que as personagens são conjuntos vazios. Mas, ao contrário daquelas que consigo encher com aquilo que conheço, Joaquim resiste a ser cheio, a ser colonizado. Aproximar-me da memória parece-se com tentar conter, à força, a revolta de alguém. Nunca, como agora, entendera que parte decisiva do meu ofício é subjugar a minha imaginação, abafá-la, em vez de me deixar levar na sua corrente. Parte decisiva do meu ofício, ensina-me o meu pai morto, é subjugar aquilo que imagino como subjugaria uma pessoa livre. O meu pai, Zumbi dos Palmares, não se deixa domar ou vencer, porque está dentro de mim. Não o recordo, ele sou eu. O que nele não pode ser domado é aquilo que em mim não tenho forma de conter, aquilo que em mim não posso cortar, censurar, tocar.

Se sou eu o colono, ele é o país incolonizável, aquele no qual por força alguma poderei impor a minha lei. Mas essa impossibilidade coincide com aquilo que, no que sou, não posso colonizar.

Deixo o país do meu pai e vou deixando a língua portuguesa. O meu pai morreu. Morreu Portugal.

Tratamos de vistos, procuramos papéis perdidos, formulários que devíamos ter guardado e não guardámos. Será que nos darão o visto? *"Please also let them know, there is no statute of limitations in immigration law, so they should retain all US visa documentation ever issued to them as it will invariably be requested when trying to secure a US visa going forward."* Atravessamos um leve pânico durante o dia, de que nos seja negada a entrada no país destino. De noite, deitada na cama, na fila do Serviço de Estrangeiros e Fronteiras, gabo-me de não precisar de estar ali, porque tenho nacionalidade portuguesa. Quando finalmente me atendem, é-me dito que, devido a um erro no sistema, a minha nacionalidade não me devia ter sido atribuída — e a perdi. "O seu documento de identidade é, a partir de agora, inválido." Nesse momento, acordo.

O sonho cumpre um padrão familiar. Costumo sonhar com erros no sistema do passado. "Terá de repetir o ensino secundário." "Terá de regressar à escola primária." "Terá de refazer a licenciatura." Ou — pior de todos — "Terá de repetir o doutoramento". Será uma coisa boa intuirmos que alguma coisa está irremediavelmente errada com a nossa vida? Ou aconselhar a bondade disso é só uma explicação entre outras? Sou assombrada de noite com a ideia de ter de voltar ao começo. Nada me faria sofrer tanto como reviver a minha juventude. Mas o sonho revela outro medo, revelado pela morte de Joaquim. O medo de que, amputada a sua vida, o que resta seja uma colagem. E que a minha identidade não se sustenha a não ser como prótese. O meu pai era o meu país. O que fica, quando o país morre? Nunca fui portuguesa. Nunca fui angolana. Fui sempre paterna. Que sou hoje, ou daqui em diante? Um Leviatã feito de milhentos olhos e bocas? Um Frankenstein mestiço?

Um poema, não, uma lista, sítios e coisas a visitar antes da morte, enxerto de ananás numa cerejeira, a hora de céu barrento antes do vendaval, um esquisso da tua cara para não me esquecer da tua cara. O que é que na tua vida é uma fotografia? Foi quando a senhora, era uma senhora muito muito velha, a pele engelhada fina, translúcida, foi quando ela se inclinou para deitar a menina, muito corada, cheia de mimo, que a medalhinha de ouro que tinha ao pescoço se abriu lá dentro, pintada em aguarela, uma casa à sombra de um ácer com vista para um pico nevado. Era dentro da casa que tudo se passava, assim que apagou a luz e deixou a neta aninhada na cama, escureceu e alguém acendeu uma vela, a mulher, sentada à mesa, anotava e mexia os dedos, nervosa, escrevo contra a noite da tarde, fujo ao estômago dos minutos, puxo a corrente, em cada cara, canto, fresta, esquina, corrimão, brecha, cano, ombreira, em cada grade, cadeado, chave, *"one student told me he could now see fascination everywhere in San Quentin"*. Têm havido muitos lugares menores dentro da medalha. O banco no Neelan Park, onde me ensinaste a falar, sentávamo-nos frente ao campo de futebol feminino e perguntavas-me o que queria dizer, havia um pântano, um rio branco, uma cortina, entre mim e as palavras, o ano inteiro que levei à mesa a escrever sempre o mesmo, queria dizer numa frase como era lentíssimo o crescimento do fémur, que certas coisas na vida são parecidas com o crescimento de um osso, só era capaz de escrever uma palavra — fémur — ícone na medalhinha, estava engasgada comigo, com o vazio. Também as tardes em que me fazias cócegas na cama para eu perder o medo, a vergonha, tinha medo de ti, de mim, de estar viva, de tudo, não sei como ainda não me abandonaste, como não desististe, e sabes, agora também eu consigo ver a magia em todo o lado, em San Quentin, a palavra *fémur* parecia-me o começo e o fim. Fixava esse tempo, no interior do osso, os anos em que doem as pernas às crianças. O osso crescia no ritmo em que crescem as sequóias, imaginava isto, um osso como um tronco, e os anéis no interior do tronco que dizem quantos anos de vida a árvore tem, a minha mente expandia e encontrava uma porta. Tudo em mim cessará de lutar contra mim, tudo em mim cessará de lutar contra Ti, às vezes, a frase quer fazer-se, frasear-se, luta para chegar ao fim, depois sufoca, isto é uma luta com as margens da página, uma grinalda de sonhos, o ramo de glicínias a trepar o edifício, chapéus na montra da chapelaria que faliu e a cujo feltro o sol comeu a cor, cenários e atracções, o padrão do tecido, o ângulo no voo do rolieiro europeu, os cavalos travam, empinam, estrebucham, diante do desfiladeiro. No vale, o garimpeiro cava as margens da ribeira à procura do filão de ouro, os cucos respondem ao martelo, uma calçada de pedras negras, o som da água a cair na fonte, magnólias rosa e brancas, jasmim, desalento, helicópteros, de novo, a máquina que come e cospe areia do fundo do mar, lava as águas, é a tarde de férias do meu nono aniversário e vejo pela primeira vez alforrecas.

Ou, há pouco, sair do banho, pôr creme no corpo, limpar a pele do rosto, maquilhar-me, escrever mas não como armar a tenda de circo, nós víamos os animais enjaulados, no descampado, nos intervalos das aulas, famintos, pelados, maltratados, a língua do leão era branca, as crinas dos póneis tinham carraças, gozávamos com eles, a idade em que tudo é motivo de risota, compaixão por nada, uma viagem de carro com os velhos, ele conduzia devagar, devagarinho, comíamos pastéis de bacalhau com arroz de tomate em Tomar, foi lá que percebi que tinha alugado a alma e empenhei uma pulseira de ouro. A cidade é estática, só dentro das casas os outros se movem, o casal gay. Um faz o jantar, o outro escreve, o homem que às seis da manhã já está ao computador, aquele que acorda pelas oito com música alta — "*Are you fucking crazy? It is still eight in the morning*" — azevinho, tornassol, margaridas, lírios-brancos, um livro leva o mesmo tempo a fazer que uma mesa, mas talvez tenha menos usos.

A mulher dorme no banco de jardim após ter lido algumas páginas do diário, apanho-a deitada, a tapar o cabelo louro com o braço, por todo o lado pólen, passa um velho e um cão, um casal de namorados, ela branca e gorda, ele magro e negro. Estou a atravessar o Éden, as ruas são flores que não sei como se chamam, nesse romance corpo cidade pessoa, em todos os caminhos encontro a alegria, um livro como o corpo de um funcionário que nunca conseguiu ser quem sonhou, o desperdício da chance abraçado com inteira hospitalidade, figuras dos meus sonhos, Irene, senhora da limpeza à procura do filho que o pai branco roubou, Tristão, o homem que toda a vida quis escrever um livro e nunca conseguiu, Iracema, a menina que escrevia versos às escondidas junto ao poço, a quem partiram os dedos da mão direita para que não escrevesse, mas ela escrevia em pensamento, não se pode partir os dedos do pensamento. Se eu escrevesse um épico, invocava Maria Bethânia, Palas Atena, o rato, o cão, o gato, o pato, a comer da gamela de leite de Martinho de Porres, o piano de cauda de Emahoy Tsegué-Maryam Guèbrou, a trança de Rapunzel, as pêras roubadas por Agostinho, a armadura de Joana d'Arc, o sopro de Miles Davis, o deserto do Namibe, sonhei que os meus dentes eram grandes como os de um elefante, a cama de folhas em que são Julião Hospitaleiro deitou o leproso, o louco que me deu um murro na cabeça no Conde Barão, o senhor guineense que me chamou puta no metro, o Colosso de Rodes, as luzes de Luanda quando o avião aterra, a brisa nocturna sobre a piscina do Hotel Polana, o tremor do meu cão quando sonha, o suspiro da minha avó branca quando finalmente punha o peru no forno, o pânico de Jean-Jacques Rousseau no bosque, o perfume a cereja do cachimbo do vizinho de cima, os Alpes vistos da Kreuzkirche de Hottingen, a voz da minha avó preta a contar-me uma história da sua juventude, "Ah, pois era, eu eu era muito, muito danadinha", a pose da minha mãe nas fotografias, a minha mãe chorava à minha frente, eu era menina, chorou a vida inteira, que o meu pai a tivesse abandonado, que nenhum homem a quisesse, a falta de dinheiro, cada dia faço por esquecer mais, esquecer melhor, é o verão na varanda dos meus avós em Luanda, brinco com as minhas primas e com as vizinhas, elas só querem beijar-se na boca umas das outras, beijar-me a boca, ver como é beijar uma mulata, roçar o sexo em mim, também tive os meus anos funcionários, ia para o escritório pelas onze horas, fingia que trabalhava, escrevia durante a hora de almoço e no horário de expediente, não me lembro do nome de nenhum colega, mas no livro que imagino, lugar de clareiras de fogo, incêndios espontâneos, era uma vez quando Tomas Tranströmer era menino, perdeu-se da mãe e voltou sozinho para casa de noite, ninguém se meteu com ele ou o ajudou, no Éden, as crianças andam sozinhas na rua, ninguém toca, ninguém pergunta, em Estocolmo, todas as crianças serão Adão e Eva, porque há-de uma lista parecer-se com um bilhete, um recado, uma anotação, um lembrete, e não com uma sinfonia? E não com um navio cargueiro? E não com um canhão de ondas, um parto, a cosedura dos pontos na pele. Ei, esta lista sou eu a coser a minha pele. Coisas em que vejo a minha mãe, as minhas mãos e unhas, os meus pés, as minhas pernas, tronco, mamas, pescoço, cara, todo o meu corpo, ela envelhece, ela sou eu, Éden, mas as flores cheiram a dinheiro. Por quanto trocaria a sua vocação?

Manhã de sol, idos de abril, acordar e ver a luz nas folhas, a pressa de fumar o primeiro cigarro, rever em segundos o que fiz de noite, pavor de ter feito um escândalo enquanto dormia, as pernas dormentes (antes, não sentia), esperar pelo café, ouvir uma canção, o vento nas folhas, os pássaros cantam e respondem-se.

Nunca saberemos que personagem somos no drama da vida dos outros, a cabeça, de manhã — confusão, neblina e calor — pés frios, a luz no chão, a sombra das folhas no soalho, quando há vento dançam, o sol nos ramos da amoreira, folhas riscos de luz. Duas chávenas brancas vazias, a imobilidade das coisas, estou sempre à espera de que as coisas mexam como mexem os ramos da árvore, um calo no dedo, maços de tabaco vazios, nada se move, só o melro no ramo, as malas pousadas na estante, os envelopes vazios, algumas coisas são estáticas, outras estão vivas.

As mãos dele, as letras no ecrã, as asas do pardal, os coelhos na coelheira, bichana enquanto pensa e escreve, certos dias, acordava aflita, com pressa, sobressaltada.

"Ouviste este som? Seria um cuco?"
 Passos no andar de cima, os ramos da amoreira são escuros
 Vimo-los molhados, negros, gelados
 Agora, secos, pendem fora da moldura da janela
 As folhas crescem, eram minúsculas, pensámos será que são assim? Sete dias depois, a copa estava cabeluda, verde-lima, um homem chinês a caminhar na floresta
 calçava luvas (fotografei-o de costas) cabanas feitas de paus sombra das folhas no ramo do choupo, as paralelas dos ramos de uma família de árvores.
 Há a masculinidade tóxica, mas também há a
 Abundância tóxica
 Nem um papel no chão, na encosta onde se joga golfe
 O canteiro imaculado, a fonte de rua cristalina
 Caminho e, às vezes, penso
 E se eu cair? Se eu morrer?
 Às vezes, penso, e se passa um carro e me insulta?

 Queria ser capaz de contar ao papel quanto queria ser o
   pássaro
 no ramo da árvore, alheio ao tempo e às aflições humanas,
 pequeno ser tremulento a carregar um pedacinho de pão
   no bico,

       És livre

               és livre

               Obrigada

           és livre?

~~És livre És livre És livre És livre És livre És livre És livre És livre~~
~~És livre És livre És livre És livre És livre~~
~~És livre És livre És livre~~
~~És livre És livre És livre És livre És livre És livre És livre És livre~~
~~És livre És livre És livre És livre És livre És livre És livre És livre~~
~~És livre És livre És livre És livre És livre És livre És livre És livre~~
~~És livre És livre És livre És livre És livre És livre És livre És livre~~
~~És livre És livre És livre És livre És livre És livre És livre És livre~~
~~És livre És livre És livre És livre És livre És livre És livre És livre~~
~~És livre És livre És livre És livre És livre És livre És livre És livre~~
~~És livre És livre És livre És livre És livre És livre És livre És livre~~
~~És livre És livre És livre És livre~~
~~És livre És livre És livre És livre~~
~~És livre És livre És livre~~
~~És livre És livre És livre És livre És livre És livre És livre És livre~~
~~És livre~~
~~És livre És livre És livre És livre És livre És livre És livre És livre~~
~~És livre És livre És livre És livre És livre És livre És livre És livre~~
~~És livre És livre És livre És livre~~
~~És livre És livre És livre És livre És livre~~   ~~És livre~~
~~És livre És livre És livre És livre És livre És livre És livre És livre~~
~~És livre És livre És livre És livre És livre És livre És livre És livre~~
~~És livre És livre És livre És livre És livre És livre És livre És livre~~
~~És livre És livre És livre És livre És livre És livre És livre És livre~~
~~És livre És livre És livre És livre És livre És livre És livre És livre~~
~~És livre És livre És livre És livre És livre És livre És livre És livre~~
~~És livre És livre És livre És livre És livre És livre És livre És livre~~
~~És livre És livre És livre És livre És livre És livre És livre És livre~~

És livre És livre És livre És livre És livre És livre És livre És livre
És livre És livre   És livre És livre És livre És livre És livre
És livre És livre És livre És livre És livre És livre
És livre És livre És livre   És livre És livre És livre
És livre És livre És livre És livre És livre És livre És livre És livre
És livre És livre És livre És livre És livre És livre És livre És livre
És livre És livre És livre És livre És livre És livre És livre És livre
És livre És livre És livre És livre És livre És livre És livre És livre
És livre És livre És livre És livre És livre És livre És livre És livre
          És livre És livre És livre És livre És livre
És livre És livre És livre És livre És livre És livre És livre És livre
És livre És livre És livre És livre És livre És livre És livre És livre
És livre És livre És livre   És livre És livre És livre És livre
És livre És livre És livre És livre És livre És livre És livre És livre
És livre És livre És livre És livre És livre És livre És livre És livre
És livre És livre És livre És livre És livre És livre És livre És livre
És livre És livre És livre És livre És livre És livre És livre És livre
És livre És livre És livre És livre És livre   És livre
És livre És livre És livre És livre És livre És livre És livre És livre
És livre És livre És livre És livre És livre És livre És livre És livre
És livre És livre És livre És livre És livre És livre És livre És livre
És livre És livre És livre És livre   És livre És livre És livre És livre
És livre És livre És livre És livre És livre És livre És livre És livre
És livre És livre És livre Sou   livre És livre És livre És livre
És livre
És livre És livre És livre És livre És livre És livre És livre És livre
És livre És livre Sou   És livre És livre És livre
És livre És livre És livre És livre És livre És livre És livre És livre
És livre És livre És livre És livre És livre És livre És livre És livre
És livre És livre És livre És livre És livre És livre És livre És livre
És livre És livre És livre És livre És livre És livre És livre És livre
És livre És livre És livre És livre És livre És livre És livre És livre
És livre És livre És livre   És livre És livre

~~És livre És livre És livre És livre És livre És livre És livre~~
~~És livre És livre És livre És livre És livre És livre És livre És livre~~
~~És livre És livre És livre És livre És livre És livre És livre És livre~~
~~És livre És livre És livre És livre És livre És livre És livre És livre~~
~~És livre És livre És livre És livre És livre És livre És livre És livre~~
~~És livre És livre És livre És livre És livre És livre És livre És livre~~
~~És livre És livre És livre És livre És livre És livre És livre És livre~~
~~És livre És livre És livre És livre És livre És livre És livre És livre~~
~~És livre És livre És livre És livre És livre És livre És livre És livre~~
~~És livre És livre És livre És livre És livre És livre~~
~~És livre És livre És livre És livre És livre És livre És livre És livre~~
~~És livre És livre És livre És livre És livre És livre És livre És livre~~
~~És livre És livre És livre És livre És livre~~   ~~livre És livre~~
~~És livre És livre És livre És livre És livre És livre És livre És livre~~
~~És livre És livre És livre És livre És livre És livre És livre És livre~~
~~És livre És livre És livre És livre És livre És livre És livre És livre~~
~~És livre És livre És livre És livre És livre És livre És livre És livre~~
~~És livre És livre És livre És livre És livre És livre És livre És livre~~
~~És livre És livre És livre És livre És livre És livre És livre És livre~~
~~És livre És livre És livre És livre És livre És livre És livre És li-~~
~~vre És livre És livre És livre~~
~~És livre És livre És livre És livre És livre És livre És livre És livre~~
~~És livre És livre És livre És livre És livre És livre És livre És livre~~
~~És livre És livre És livre És livre És livre És livre És livre És livre~~
~~És livre És livre És livre~~   ~~És livre És livre És livre És livre És livre~~
~~És livre És livre És livre És livre És livre És livre És livre És livre~~
~~És livre És livre És livre És livre És livre És livre És livre És livre~~
~~És livre És livre És livre És livre És livre És livre És livre És livre~~
~~És livre És livre És livre És livre És livre És livre És livre És livre~~
~~És livre És livre És livre És livre És livre És livre És livre És livre~~
~~És livre És livre És livre~~   ~~És livre És livre És livre~~
~~És livre És livre És livre És livre És livre És livre És livre És livre~~
~~És livre És livre És livre És livre És livre És livre És livre És livre~~

~~És livre És livre És livre Sou~~ livre ~~És livre És livre És livre És livre És livre És livre És livre És livre És livre És livre És livre És livre És livre És livre És livre És livre És livre És livre~~ No chão, a moldura da janela, as folhas dançam lá fora, a sombra fala.

Coisas que ajudam
As mãos na terra
O nevoeiro
O cheiro do revelador na sala húmida
Café com uma gota de leite
Harold Budd
As crianças em Luigi Ghirri
Os arquivadores horizontais das fotos da casa de Robert Adams
A vivacidade de Dayanita Singh
Lorna Simpson
Coisas que desajudam
Tardes infinitas
As convenções foram inventadas também para colmatar a angústia humana, daí os domingueiros, se não saíssem com o carro ao domingo, talvez houvesse maior taxa de suicídio
A dama da noite
Jornais bem paginados
Gosto dos desenhos feitos a giz no alcatrão
Pelos miúdos
Esta primavera entendi que todas as crianças choram na mesma língua
Se calhar, os adultos também
Ao longe
A brisa ondulante de Troia
As gaivotas   Da minha janela vejo a pobreza

Aqui vejo Porsches e Ferraris
Todos os dias passa o carteiro de motorizada, é português
Encontro a loucura nas mensagens de WhatsApp mais articuladas
Dou com a insanidade nos olhos na voz nas ideias
A família, uma ala psiquiátrica e eu e o meu pai
A cada noite,
Um comprimido rosa, um comprimido amarelo,
dois comprimidos brancos
Para onde vão tantos comprimidos?
Deito fora as caixas à medida que esvaziam
Já dava para construir uma cidade
Com as caixas vazias
A garrafa de Evian diz
A bottle made from bottles
Nós brincamos *a turd made from turds*   *a book made from books*
Dizia, há pouco, espanta-me a imobilidade das coisas
Que nem tudo abane como as folhas nas árvores
A realidade não pestaneja
Digo uma frase e ela faz eco na minha cabeça
Tenho um pensamento e ele repete-se muitas vezes cá dentro
Já não vejo o meu pai morto em todas as esquinas agora
I would run this way forever
Um dos livros da estante *Mrs. March* e eu nasci em março outro *Asylum Road* talvez seja o meu caminho
Todos os livros precisam de uma estrada outro *Snow*, de John Banville, e vi a neve outro *The End of Her* estarei acabando sem me dar conta?
Coisas que aprendo com pessoas que sabem mais do que eu
A aprender com pessoas que sabem mais do que eu aprendo a ver a maneira como me tratam
A não responder a pessoas instáveis
A, em caso de dúvida, nada fazer

A ter sempre um lugar na mesa para mais um
A não achar que o mundo me deve alguma coisa

Tenho ouvido uma canção sobre correr durante a noite
Tenho ouvido outra sobre mudar de cidade e ir no avião a caminho de outra cidade

Coisas que me fariam feliz
Um incêndio que ardesse com o que me faz sofrer
Ir à praia
Vendo bem a minha vida nunca foi tão feliz
        acumulamos louça suja no lava-louças   depois uma veneta e lavamos tudo
    fumar depois de limpar a casa
    fumar depois de tomar banho

A minha pele na pele dele
Tenho vivido no pressentimento de um grande milagre sinto-o a caminho
A incomensurável
alegria
Como quem pressente um vento estou pescadora cheiro as correntes e o vento
Começou há um ano, dois
Nada mudou mas sinto o vento no nosso caminho
Adormeço dentro deste pressentimento   uma monção uma joaninha pousar na minha mão
Depois
Percebo que o milagre já chegou é cada dia
O milagre é o presente
Como em "Time of the Barracudas", de Gil Evans

Gostava de escrever como nas fotografias de Luigi Ghirri, um fim de tarde na vila de praia, o cheiro do jantar ao lume a chegar à rua, as crianças no largo a jogar à macaca,
Nos meus sonhos visito mansões
à venda
São corredores e corredores
Uma grande casa à beira do mar
Com uma piscina de água salgada
Há também uma onda gigante
Vertiginosa
Feita de cinza
Tenho sonhado com o fim do mundo
Parece-se com a Costa Vicentina nos meus sonhos o mundo acaba sempre na praia
O Problema da Habitação nos Sonhos
Os corredores são exíguos
Há quartos dentro das paredes
As piscinas desaguam em arrecadações
Os móveis têm bicho
Num salão gigante, uma exposição de mobiliário agora é a minha casa
Comprei-a terei de viver numa Expo Móvel
Ou a vivenda com as portas e as janelas abertas
O homem disse-me, na loja de cosmética, entre, experimente, este creme tira a
Primeira camada de pele
This will make you white
I don't want to be white, thank you
Ainda custa entusiasmar-me com uma linha sinto
Um ardor no peito
Passei a ter medo de morrer mas o medo agora é concreto
O ácer, à janela, escarlate e estrelado
A vizinha de cima cuida da horta de varanda

Os coelhos dormem sobre a palha ela disse-me que a Primavera
Não cura a depressão
Outra coisa que me disseram
O seu problema é ter demasiada imaginação
Onde estão agora, estas vozes?
Debaixo da terra
Perdidas entre a nascente e a foz
Da ribeira do Wolfbach
Os namorados, ela branca, ele negro, ele magro, ela gorda
Caminham e gargalham
A minha pele *pensa*   a luz
vem ao meu encontro veleiro
paira nas águas

     enquanto eu escrevo
Martinho de Porres deu de comer aos animais do convento
Uma balada anima o corredor da cela de Emahoy Tsegué-
-Maryam Guèbrou
Dão-se mínimos sismos   mínimos   aqui dentro

À Lisboa onde passeámos sobrepôs-se outra cidade. Não importa se os acontecimentos interiores cujos escombros pressinto são, ou foram, verdade. Daqui ouço a sua demolição, algures ao longe, após uma distância de água. Onde estou, chega só o fim do rebentamento, o fim da explosão. Mas importa apenas que o nosso conto seja maravilhoso. Poucas vezes senti tanta estranheza quanto passeando de carro ou a pé pela Lisboa de hoje. A cidade é outra. Nada resta das ruas senão o contorno do mito.

Cruzo de raspão uma das esquinas da antiga Feira Popular, em Entrecampos. Lembra-me as tardes que ali passei em criança, com o meu pai, a andar nos póneis. Era o que eu mais queria na vida. Pagava-se uma moeda e os miúdos montavam os póneis mais tristes do mundo, acorrentados e dispostos num círculo lúgubre. O senhor dos póneis accionava um mecanismo e os póneis cumpriam o calvário, andando à roda, palas nos olhos. Eu tinha medo da altura, uma vez em cima do pónei. Chorava que o meu pai me pusesse no chão. Mas era um chorar de que ainda me lembro, o de querer muito uma coisa ao mesmo tempo que se tem medo dela. Já não há Feira Popular, ou póneis, ou o homem que me punha em cima deles — constato, hoje, em Entrecampos. Mas, como em inúmeros momentos daquele mito, a verdade é vencida pela fantasia.

Ter pavor daquilo que se quer muito. Querer e temer no mesmo segundo. Conheço ainda como é estar no interior dessa coincidência excitante. Vejo o senhor dos póneis ao fim da noite, na feira vazia. "Última volta, meninos e meninas! Última volta!" Ninguém responde à sua imitação de entusiasmo. Vejo-o Estêvão, Joaquim, Nicolau, Bernardo, um senhor cigano; mete a mão ao bolso e vê que não dá para o gasóleo nem para uma bucha. Vai daí, abandona o posto alguns minutos e vai comprar algodão-doce. No regresso, a feira está ainda mais vazia, as luzes apagam-se a pouco e pouco e o rebuliço cessou. E, então, por um desfastio misturado com prazer, acciona o mecanismo, dando à manivela. A máquina soluça no frio e a última volta dos póneis começa só para ele, encostado ao motor da máquina. Gelados, cascos tremulentos, os animais andam à roda e o senhor dos póneis assiste e come o algodão-doce ao mesmo tempo. Vejo o açúcar derreter na língua do senhor dos póneis, o frio que lhe corta o rosto, o estômago vazio dos póneis mortos de sede, alimentados a cenouras velhas e palha húmida. Mergulhando, vou até às cenouras e à palha dentro do estômago dos póneis, o suco azedo e grumoso, quente e peganhento. O amargo caramelo da crueldade desperta o senhor dos póneis. Querer e não querer. Conheço demasiado bem esse sabor da infância que ainda adoça os meus dias. Correr a lançar-me de cabeça no coração das coisas e temer por elas e por mim. O prazer à beira do sufoco do risco temido e namorado. O cortejar da morte no instante exacto em que o desejo se cumpre.

Os póneis haviam sido dote recusado. "Se volto a ver a tua raça nestas bandas, juro que te racho a cabeça com este machado que aqui vês", disse-lhe o pai dela. Essa noite, o senhor dos póneis foi, beira da estrada fora, puxando os animais teimosos. Pararam num descampado a cinco quilómetros e desmaiaram de sono, estafa e fome, o senhor e os póneis, sobre a terra fria. Era atrás da cidade, mirante das almas, dormiram aninhados, o senhor e os póneis, o senhor e as crinas dos póneis, não fora assim que imaginara o cabelo de Irina. São coisas que se passam na cidade enquanto dormimos.

Vagueou, agarrado à corrente de vinte patas, por atalhos, estradas desertas, cinco póneis magros, a beira nevoenta de caminhos. Um pai e seus filhos, de dia acoitado em arrabaldes, escondido em sucatas, o homem, as crinas, os cascos, o homem e o bafo. De noite, fazia-se à estrada. Deambulavam, ainda é vivo quem viu o homem a puxar a corrente pela Nacional 10, cinco cavalos anões pela mão, tropeçando uns nos outros, curiosa parentela.

Até que o tio morreu e lhe deixou o lugar na Feira, no qual há dez anos Estêvão, Joaquim, Nicolau, Bernardo ganhou o título de senhor. Arranjou um chapéu à portuguesa. É o senhor dos póneis, assim lhe chamam os meninos, excitados e tementes dos póneis, que lhe dão de comer porque mais nada tem na vida. Quais as gentes atrás das coisas, as pessoas atrás do nosso mito, quem são, a que sineta respondem? Piano desafinado onde correm os meus dedos, que, ensonadas e remelentas, as ergue sonâmbulas a meio da noite e as traz ao meu encontro para conversas mudas, entre os meus dedos e os seus olhos sumidos. Não há biografia senão da vida improdutiva. Os dias em que nada se passou, aonde foram? Todo aquele cinzento que não ficou na memória, ramerrão de que não há notícia, como não nos rebenta na boca de tão empanturrados dessas horas mortas, sem registo, tudo o que vimos, tudo o que sentimos, tudo o que pensámos, aonde vai esse peso que, de tão pesado, se evapora e não nos pesa já nas costas — quantos senhores e quantos póneis, como não nos imaginarmos os animais acorrentados, nós os póneis e o seu carrasco, seu senhor, sua ventura, forçados a puxar este peso num círculo que, de quando em quando, se inicia, sem podermos fugir ao perímetro da circunferência, na esperança de um cubo de açúcar, diabéticos e escravizados, como não desatar a berrar do enfartamento desses dias idos, inconclusos, dias vencidos? As cidades são, perto do que podiam ser, estranhos animais de silêncio. O maior mistério é saber porque não andamos pelas ruas a guinchar de medo e êxtase, de pânico e desespero. Por Lisboa, através do vidro fechado do carro, protegida da cidade, vejo nos transeuntes gritos que caminham, componho no espírito a partitura de berros lancinantes que devia ser a música das ruas deste mito. Tenho as pontas dos dedos cheias de factos, ouvi um dia num filme e era sinónimo de se ter as mãos vazias. Não os factos, mas as arestas do mito. Só posso "contar histórias", concluiu Jung, tinha oitenta e três anos e dava início às suas memórias. Desejar que o conto seja maravilhoso, uma besta explosiva de barulho. Mas abro o vidro do carro para deixar sair o fumo do cigarro e a cidade não grita nem canta. A cidade não tange sequer e não há coro. De que vale saber que a audição é o primeiro sentido que em nós acorda e o último que nos abandona?

O correio traz cartas para *Frau* Pereira de Almeida escritas numa língua que não entendo. Abro-as, são para mim, não sei que dizem. Um pouco como respostas de Deus às minhas preces, chegadas num idioma que não domino, como podia não ser assim? Olho as cartas de *Frau* Pereira de Almeida, traduzo-as na internet. Estarei para a rua onde temporariamente vivo como estou para elas? Que parte da minha vida é carta recebida em língua que não entendo? Que cartas mando, e a quem, em idioma que só eu domino, sabendo e gozando de que não me entenderão — ou será que me engano —, são isso os meus livros aos olhos que os lêem, missivas em idioma que só eu sei falar? Tivesse uma poética e seria a de que escrevo sonhando. Não é língua em que se escreva, aquela em que escrevo. Nada domino, sendo eu que o faço, tudo domino, não me domino, não te domino.

Joaquim punha a pasta na mesa e debruçávamo-nos sobre a prova das suas aventuras — fotografias das viagens, recortes de reportagens — e, logo, o olhávamos a ele, buscando nelas força para o livro. Custava a crer que fosse o rapaz barbudo nelas, o mesmo homem extinto das minhas fotografias de infância, revolucionário magricela, de olhar vivo. Depois, arrumava a pasta, as reportagens, as fotos, guardava-as. Vejo-o ainda, pelo corredor, levando a pasta na mão, de costas para nós — encaro aquilo que a vida nos leva quando escolhemos salvar-nos.

Passa um ano e quase nada da morte de Joaquim. O luto em sangue deu lugar a um véu de sombras. Caminho pela cidade até à estação central. Já no comboio, em direcção a sul, o caudal do rio é uma artéria verde-barrenta, rodeada de dois passeios em cada margem. As pessoas caminham na margem esquerda e jogam seixos ao rio. Vão em grupos. Crianças com pais. Velhos acompanhados da família. Relembro o meu pai, à medida que as paisagens se sucedem à janela do comboio que liga Zurique a Genebra, lagos, prados, montanhas, picos nevados, torres de igreja, pequenos burgos, armazéns, parques de estacionamento, indústrias, reservas militares, paisagem vista por Franz Kafka. O maquinista adverte para o perigo da bagagem desatendida e dos carteiristas. A certo ponto, os avisos aos passageiros deixam de ser feitos em alemão e passam a ser feitos em francês. Relembro Joaquim e o seu projecto adiado, gorado, abortado, o livro que deixou inacabado. Que é um homem em relação aos seus projectos, como podem homem e plano desencontrar-se como duas pessoas se desencontram? Também o livro de Joaquim tinha a dimensão de uma cordilheira de montanhas e os seus próprios picos de neve, cabia nele passado, presente, futuro, todas as mulheres e todos os homens, os sonhos e pesadelos. Dizia que, de noite, caras do passado voltavam para lhe pedir contas e para o perseguir. Gente que não via há anos e anos. Havia que salvar cidades, crianças, cães esfomeados. De noite, a memória prodigiosa actualizava os monstros do passado e fazia-os regressar à vida, actualizando-os, impedindo que os esquecesse. Eram muitos, os algozes e as vítimas, e Joaquim não conseguia chegar a tempo. Cidades, crianças, os cães e a sua fome, havia que encher baldes e baldes de água do mais recôndito dos poços para lhes matar a sede. Joaquim subia montanhas. Descia vales. Cruzava desertos. Nunca conseguia.

O livro que começara por comprimir as margens da sua vida, como margens contêm o leito dos rios, fora dominado pela corrente que tudo arrasta. Ia a meio, mas Joaquim perdera a guerra contra ele. Se o escritor começara por ser a barragem que impedia as suas águas de extravasarem e arrastarem tudo, o livro, o projecto, destruíra a barragem e era agora tudo, levando tudo na voragem. Escrevê-lo seria o mesmo que ser capaz de travar um maremoto com as duas mãos. Não se distinguir do seu projecto significava que o projecto o tinha inundado e, enfim, afogado. Deixara de haver respiração além da respiração, que era tudo quanto comportava. A vida por escrever era agora toda a vida, que o matava.

A máquina de escrever de Joaquim dorme no meu roupeiro. Tentei pô-la em cima da secretária, no escritório, mas não aguentei estar na sua presença. Sobre a mesa, a máquina nada disse, geringonça de ferro e plástico. Mas, assim que a pousei, assim que a olhei, soltou na divisão uma aura que derrotou por completo o querer tê-la por perto. Olho-a como aos restos mortais de alguém, ela mesma cadáver e feitiço, mau agouro. As teclas vermelhas cheiram a sangue. As teclas pretas evocam anos de chumbo. Quero-a encerrada, sob os tapetes, escondida no roupeiro da biblioteca. E assim que nela entro, se a porta do roupeiro está entreaberta, o seu perfume aziago fala comigo e com mais ninguém. Tapo-a com mantas e roupa de inverno, escondo-a, escondo-a para a sufocar — para que não me sufoque —, para que o bloqueio do meu pai não me bloqueie, com medo de que a alma da máquina me embruxe e me leve a razão ou só este engodo, escondo-a debaixo das mantas, pé de princesa sob as cobertas. A máquina de escrever do meu pai é bruxedo com que sonho. Quero-a e quero-a morta. Quero o seu livro, esboçado nela, e quero esse livro morto, e a morte dos livros todos em mim, desejo ao tapá-la que as mantas a sufoquem e que nunca me pegue o feitiço de me deixar por escrever. Mas, nos sonhos, quando o vento do meu pai entra pelo nosso quarto e paira sobre mim, a máquina espuma na noite e enreda-me no mofo das promessas que não se cumprem, agoura-me, estou dela cativa e a ela condenada.

A noite é da máquina de escrever do meu pai a escrever sozinha no escuro, que ele vem até minha casa de noite e escreve o seu livro inacabado todo na minha cabeça, acaba o seu livro meu corpo adentro, mente dentro, e envenena-me no bater nas teclas, que batem sozinhas. De noite, a máquina de escrever do meu pai continua o seu livro em minha casa, meu pai escrevendo, sem corpo, noite fora, escondido no nosso escuro.

O meu quarto na nossa terceira casa. O ar está cheio de vapor de água. Cheira a roupa lavada e engomada. Lá dentro, um rapazinho negro engoma roupa. É do corredor que o vemos, eu e o meu pai ressuscitado. O meu pai conhece-o e transmite-me o conhecimento do rapazinho sem precisar de me dizer nada. É o mainato da sua casa em Moçambique, que, no além, engoma a camisa branca que o meu pai trouxe do além para Terra. Menino que mal chega à tábua de engomar, o anjo mainato passa a ferro a roupa do meu pai. É rapaz como ele, mas o seu trabalho é lavar e passar a ferro a roupa doutros rapazes. Cada um dos quartos abertos para o corredor onde estamos, uma esfera na viagem do meu pai até ao nosso reencontro. O anjo mainato não passou pela latrina. Passar a ferro no meu quarto eternidade fora é a sua tarefa eterna. Não espanta o meu pai ter regressado tão engomado. Vomitou, defecou ervas daninhas, mas no fim da purga coube-lhe um anjo que lhe passa as camisas. O meu pai olha o anjo mainato e leva-me a olhá-lo, mas o anjo mainato não tira os olhos da tábua e das camisas brancas. Diante de si, sobre a cama, num grande monte de roupa, camisas brancas amarrotadas que ele mesmo ensaboou e enxugou e secou ao vento. Ao seu lado, perto da tábua, sobre um açafate, camisas brancas engomadas e dobradas. Vejo-o no seu trabalho enquanto o meu pai é fúria e vontade de partir de casa para a rua. O meu pai é fúria e vontade de contar ao mundo que voltou e o anjinho mainato passa as camisas brancas do meu pai eternidade fora. Tenho pena do anjo mainato, que sua sobre as camisas do meu pai eternidade fora. Qualquer coisa me diz que o anjo mainato passando camisas do meu pai ressuscitado é o meu pai eternidade fora anjo mainato passando camisas do meu pai ressuscitado. Cada porta do corredor cada esfera da viagem e o meu pai todos os quartos da nossa terceira casa. É ele a sua ama-de-leite dando de mamar e embalando o menino. É ele a estante e o busto de rapariga sobre a mesa. Ele, o cheiro de cigarro, que se mistura com a goma das camisas, no vapor que sai do quarto, onde, anjo mainato o meu pai passa a ferro as suas camisas eternidade fora. É ele a varejeira que jaz no chão sobre os tacos, a agenda e o telefone do qual ligamos para que testemunhem o seu regresso. Ressuscitado, o meu pai todos os quartos, eu diante dele, que, olhando-o, não distingo a minha roupa nem a minha cara nem a minha tez, mas sei com um saber anterior ao conhecimento e ao mundo que, diante do meu pai ressuscitado, sou ele também. A quem se revelou a ressurreição do meu pai se ele é aquele e aquilo diante do qual apareceu? Que sou eu se, de anjo mainato a beata de cigarro, o meu pai é tudo? Ressuscitado, eu sou meu pai. Ressuscitado, tudo é meu pai. Diligente e brando anjo mainato passa a ferro eternidade fora. Eternidade fora, cada camisa branca meu pai.

Meu pai na rua, com uma menina pela mão. É a sua ama que, de velha e gentil, acordou criança. Ressuscitou e, enviado especial, trouxe-a à Terra em excursão, como um repórter traz a reportagem na cabeça, em anotações. Estavam os dois no quarto, ela deu-lhe de mamar e aconchegou-o na colcha deitado no seu colo. Vão os dois pela calçada, ela, menina velha cansada, ele, rapaz dos seus cinquenta anos, camisa branca ao vento. Quantos, quantas, terá ele trazido consigo do mundo dos mortos? Onde, em que caverna, em que esconderijo os guarda? Entram os dois, a ama e o bebé, dentro do armário da cozinha. O meu pai é uma camisa branca, ressuscitado retornou sem bolsos. Onde, quantos e quantas, e onde os esconde? Será no armário? Saem do armário e, do outro lado, pequeninos como meninos, é a cidade que agora acorda onde passeiam juntos. De novo o nariz do meu pai, no passeio, é o ponto em que se concentra a atenção ao caminho e a vontade de passear a sua amiga. O nariz vai adiante, abrindo caminho a ambos, enquanto ela aponta os lugares que vão vendo. Tudo lhe é novo, as lojas e as montras, as fachadas, a hamburgueria e o oculista. "Antes era uma florista", diz-lhe o meu pai. E ela ouve-o como quem não entende o que significa a palavra *florista*. É ele e a sua ama-de-leite, menina pela mão, na cidade do meu pai. Um comboio corta a estrada correndo veloz rente ao chão. A linha de comboios avança na estrada onde antes passavam os carros. Antes eram dois caminhos que ali se encontravam. E talhos, cafés, mercearias, lojas de chineses, igrejas evangélicas, supermercados. Agora, a linha de comboios abriu a estrada e corre com os seus vagões de mercadorias. Lá dentro, vão o meu pai e nós e, de lá, dizemos adeus ao meu pai e à sua menina. Ele ergue-a nos braços e mostra-a a nós que vamos com ele no comboio. O meu pai põe a menina às cavalitas. Estamos sentados no cimo do vagão como salteadores ou espiões em briga num comboio sob assalto. O meu pai acena-nos, mostra-nos a menina, sua ama-de-leite que, tão amiga, ele trouxe consigo em viagem ao mundo dos vivos. O meu pai no comboio acena ao meu pai em passeio pela rua com a menina às cavalitas e abraça-nos a todos no aceno. Meu pai diz adeus a meu pai.

O quarto luarento (o luar entra pela persiana entreaberta). Sobre a cama, a cómoda, os candeeiros. No ar, uma densidade vibrante. O escuro é esgarçado e, através dos pespontos, a luz entrecorta-o e amortece-o, ilumina-o. Há ventania lá fora, mas a janela está fechada. Durante o dia, a *Monstera deliciosa* procura a luz das frinchas das persianas, quando estas não chegam a ser abertas. São dias tristes, os dias de janelas fechadas. E o monstro em que se vem transformando, chegando mais e mais próximo da cama, caules como garras, raízes estrangulando a abertura da persiana, quer tocar-nos, sondar-nos. De noite, as folhas da *Monstera* gotejam sobre a cómoda branca, como se chorasse. Deitados, ele ressona, ela estremece no sono. A perna direita fora da cama pontapeia o ar, e logo ela se fecha e se aconchega, quase com pressa. Apenas os corpos se movem, o cão aos pés da cama corre o vazio. Ela sonha e abre os braços e as pernas, estirando-se, comprida. Ele vira-se, murmura, ela murmura. Estira-se e retrai-se, estira, ele vira-se, põe a almofada sobre a cabeça, o seu ressonar enche o quarto, abafado pela almofada. No resto da casa, fundo do corredor, a imobilidade é palpável, azul-prata, da lua ao alto do rio, que entra pela janela da cozinha. Ela sonha, murmura e desperta-o. Ele vira-se e adormece logo. Estão vivos, silentes, e a casa inteira inanimada. O pai regressou, sentou-se à mesa da cozinha, bebeu um copo de leite, e só o cão, sonolento mendigo, levantando-se, lhe lambeu as mãos, por um biscoito.

Sonolento mendigo, pobre de esperar, o cão sonha com o meu pai. A morte não o levou e ele conservou a memória dos gestos do meu pai dentro do seu corpo. Dentro do cão, o meu pai está vivo e, a cada noite, o seu cão aguarda que o meu pai ressuscite. O meu pai visita-o de noite, leva-o em passeio. O cão nada conta dessas idas nocturnas à rua em que, cambaleando os dois, o meu pai passeia o cão, sua viúva. Cada gesto e cada grito do meu pai estão dentro do cão, que os dias envelhecem. A vigília é, para o cão, a espera pelo passeio da noite. Os dias são a morte, para o cão. Chegada a noite, o cão sabe que o meu pai vem buscá-lo para um passeio. O cão aguarda pela noite para voltar a viver.

Correm as ruas iluminadas pelos candeeiros públicos, passeiam, o meu pai e o seu cão, ressuscitados. No jardim, o cão lambe as mãos do meu pai. É impossível saber a quem as lambidelas alegres do cão ressuscitam, se ao meu pai, se ao seu cão.

Todo o dia o cão aguarda pela chegada da noite. A cada noite, o meu pai ressuscita para passeá-lo. Um grande nariz leva a trela do cão pela mão, jardim fora. Depois, a trela é solta, e o cão pula e avança em corrida e regressa. É dentro do cão que o meu pai ressuscitou esta noite. Sonolento amigo, é dentro do cão que encontro o meu pai no corredor de uma das nossas casas. É dentro do cão, que o aguarda dia após dia, amortecido, é dentro do cão que o meu pai me aparece de noite. O meu pai está vivo dentro do seu cão. A minha noite é dentro do cão. Vivo e sonho dentro do cão.

Lavo a latrina na qual Joaquim purgou. Comigo estão outras mulheres. Trouxemos água lavada e fresca. Sabão, panos e esfregões. Lavamos, jogando água do balde como miúdas lavam a roupa na beira do rio. Somos lavadeiras, a alegria está em nós. Não há mau cheiro, mas a latrina está imunda. Então, lavamos e vamos conversando, trocando histórias, contando tricas. Lavamos com baldes de água lavada que se renova. Lavando lavamo-nos temos o cabelo e o corpo molhados. Somos água e sabão espuma e vida lavando a latrina onde o meu pai purgou. Seus anos sua sina moças casadoiras lavando enxoval à espera dum namorado. Lavamos e rimos. Gozamos umas com as outras. Espuma e dizeres os nossos olhos lavamos ledas a latrina onde o meu pai purgou. E ele do outro lado do corredor dorme a sesta que o dormiu em vida, embalado pela música dos nossos banhos. A sesta sesta-o, água ao fundo, ainda vivo, ainda não ressuscitado, acolhido pelo saber-nos ali lavando a latrina que o receberá antes de, depois de nela purgar, regressar corredor fora ao nosso encontro, jovem e ressuscitado.

"Além da morte, trata-se de lavar esta casa", diz-me o meu pai e aponta ao seu ventre querendo dizer todo o seu corpo. Além da morte, um banho antes da sesta. Olho as minhas mãos ao escutá-lo e não me sinto ali nem suja. O meu pai ressuscitado toca as minhas mãos. As minhas mãos vivas ganham vida. As minhas mãos vivas voam e soltam-se do meu corpo, dois pássaros. Sem mãos vejo as minhas mãos irem em voo sobre nós às minhas mãos as mãos do meu pai ressuscitado dão asas. Regressou para se encontrar consigo. E, então, este regresso, este encontro, é aventura dum único marinheiro, como narra a história do meu avô também ressuscitado. O conto de montes calcorreados do meu avô é o conto do regresso do meu pai ressuscitado, este conto. O meu pai ressuscitou esta noite para levar consigo o meu pai que o meu pai deixou na Terra e voltar ao mundo dos mortos com todo o meu pai que há no mundo inteiro. O meu pai ressuscitado leva o meu pai que há em mim.

Estamos juntos, no Rossio, caminhando entre os pombos e as fontes. A água jorra em arcos simpáticos. O vento tocando os arcos faz a água transbordar da fonte. Estamos mais jovens, mais leves. Não sou de novo criança. Sou uma mulher, não sou órfã. Passeio com o meu pai no Rossio. O meu irmão vai adiante, à nossa frente, de trotineta, desenhando círculos. Sigo, ou ao lado do meu pai, pela sua mão, ou, a uma distância, vejo-o de mãos dadas com a sua mulher, que aparece, desaparece. Ele tem a vida pela frente e eu também. Vamos os dois, de mão dada, ele é um homem belo, eu sou uma mulher inteira. Ele está barbeado, veste uma camisa branca, passeamos, passeia-me, como fazíamos era eu menina. O meu irmão, tangente a nós, abre caminho com a trotineta. Os quatro acendemo-nos e apagamos. Às vezes, estou presente, às vezes, desapareço e apenas observo, como um espírito observa. Às vezes, desaparece a mulher, apenas o meu pai e o meu irmão não desaparecem. O meu irmão, sei-o sem ninguém mo ter dito, é o único imortal, o mais vivo dos entes do passeio, jovem e esbelto. Saber o meu irmão o único imortal do passeio é partilhar do mistério da morte e da vida que sei, sem ninguém mo ter contado e sem eu mesma ter tido de morrer para o aprender. Espírito vivo, de camisa branca, o meu irmão volteia na trotineta e liga a morte à vida. A linha da trotineta do meu irmão é a linha do tempo. O passeio não é o nosso passado renovado.

A minha infância, antes de o meu irmão ter nascido, e o meu presente, a minha vida adulta e o meu irmão está lá comigo, é um homem, um rapaz, um menino, ao nosso lado, e o meu pai e a sua mulher são dois jovens em começo de vida. As nossas idades tocam-se, afastam-se e encontram-se. O Rossio e sou velha, estou na cama, meus últimos dias, e o meu irmão também homem velho a meu lado. A cara do passeio, Baixa de Lisboa, sabemo-lo sem saber como, o fim do sofrimento. Desapareci. Vão de mãos dadas. A mulher pousa a cabeça na sua camisa branca. O meu irmão corre, veloz, na trotineta, abre o caminho.

Talvez Joaquim ande a construir a casa onde nos irá receber. Talvez, neste momento, mais de um ano sobre a sua morte, tenha já encontrado a folha de papel na qual rascunhar e leve outro ano inteiro a encontrar o lápis com que escreverá nessa folha. Imagino-o em busca desse lápis, agulha perdida no deserto, enquanto a ideia da nossa casa vai ganhando forma dentro dele. Leva tanto tempo a encontrá-lo, que às tantas a ideia da casa e a ideia do lápis se confundem e o lápis que procura se parece, na sua imaginação, com uma casa e a casa que projecta se parece, no seu espírito, com um lápis. Ter-me-ei porventura esquecido do calor da sua pele, quando o meu pai encontrar lápis e folha e começar o seu desenho. Levará anos nele, apagando, desenhando, começando de novo. E, depois, enfim, como procurou pelo lápis procurará a primeira pedra da casa e uma pá com a qual cavar o buraco onde a lançará. Depois, doer-me-ão ainda mais os dedos, terei mais cabelos brancos e o meu pai erguerá a primeira parede e a segunda. A terceira e a quarta. Doer-me-ão as costas, e o meu pai terá erguido o telhado e as portas. Ficarei esquecida, primeiro das coisas recentes e só depois das antigas. E o meu pai terá feito as janelas, a porta, os quartos.

Quando todos nós que lhe sobrevivemos estivermos velhos, a casa estará pronta e terá a nossa cara. Não há noite que não sonhe que compro e vendo casas, que as visito, levada por sinistros mediadores imobiliários. Não há noite que não veja em sonhos versões dessa mansão sobre a praia, que tem móveis atravancados em todas as divisões, ou piscinas que se abrem em promontórios, ou lagos que são cozinhas e torres que desaguam em caves sórdidas.

Um de nós será o primeiro a ser recebido pelo meu pai na casa que levou a morte a construir para nós. E depois, com o passar dos anos, chegaremos todos, e cada um será recebido nessa casa como alguém que chegou de viagem, tal como recebo o meu pai nos meus sonhos. E todos ao chegar lhe contaremos o que foi a vida aqui enquanto ele aqui não esteve e ele, se calhar, não terá nenhuma paciência para nos ouvir, porque só nos quererá tocar, ver, sentir a nossa presença.

Não conheci a velhice de Joaquim. Não o conheci aos setenta, setenta e cinco, oitenta anos, oitenta e cinco. Não o vi perder a memória, quando nos deixou, o meu pai tinha ainda uma memória de elefante, que o martirizava. Que será que desconheço, desconhecendo a velhice do meu pai? Que coisa era essa, que a sua velhice me revelaria sobre a vida, sobre nós? E, então, reconheço o meu pai inacabado como o seu livro, vejo que, tendo ido embora cedo, o meu pai foi o seu livro. Percebo que tenho um pai inacabado e encho-me de força para acabar o meu pai, acabando os seus escritos, acabando os meus. Toda eu sou todo o vigor, a energia necessária para me acabar, toda eu sou os seus dezanove anos a desbravar o Saara com a Frente Polisário, para acabar o meu pai, para acabar estas linhas que ele começou em mim. Toda eu só quero cumprir o meu pai, terminar com ele, terminar-me a mim, que ele começou.

O último disco que o meu avô me ofereceu foi a *Sinfonia Incompleta*, de Schubert. Fascinou-me sempre a natureza premonitória dessa prenda. Há coisas destinadas a ficar a meio. Outras, acabamo-las. Outras acabam connosco. Outras estão completas ao ficarem incompletas, da sua incompletude depende a sua integridade. Outras ainda, como o livro do meu pai, permanecem enquanto duram os que nos amaram, enquanto eles respirarem e ainda se lembrarem de nós. Penso no seu livro, findo este, e tenho ideia de que o li e me esqueci do que dizia, tenho ideia de que cheguei aqui como para, ao escrever, me tentar lembrar do que dizia. Encaro-o não como obra que nunca existiu, aberta e fictícia, mas como ao homem que conheci, meu pai, como à obra que ele foi. O best-seller não existia só na sua cabeça, existiu mais de trinta anos em nós que o amámos, enquanto existiu nele. Todos nós fomos leitores do livro que existiu na cabeça do meu pai, tendo-o amado. Todos nós o lemos. Todos nós o escrevemos, enquanto ele o adiou. Todos nós o adiámos. Nunca li o livro do meu pai. Nunca li o meu pai.

O livro, rochedo às costas. Carregou-o montanha acima e nunca chegou ao pico da montanha. Entre o livro e Joaquim, o homem. Entre o livro e o homem, a sua cabeça. Entre o livro e o meu pai, nós. Não consigo não culpar-me também pelo fracasso do sonho de Joaquim. Nos anos em que escreveria, levou a vida sacrificado porque havia que nos criar, havia que nos alimentar. Deparo com o facto de que não tenho filhos. Olho os meus vários livros. Talvez tenha escolhido não fazer por pessoa nenhuma o que ele fez por mim. Carrego o seu rochedo às costas, chegada à sua morte. Sinto carregar o meu pai às costas, pedra homem gigante. Vejo que, mesmo nas coisas simples da vida, sigo com esse peso morto, impedindo-me a progressão do caminho.

Morrer com um sonho incumprido é quase tão triste quanto morrer sem filhos. Vou até ao fundo em busca do meu pai diante do seu cão, lendo ao cão as páginas que escreveu, destruindo as folhas, rasgando-as, para que ninguém as leia. Talvez Joaquim odiasse o que foi escrevendo, hesitasse, tivesse vergonha, execrasse a sua voz, achasse que não era assim tão bom, como acontece a qualquer escritor. A que soava o homem que só sobreviveu na sua juvenília, nunca saberei.

Não poder ler o livro do meu pai é nunca mais poder ouvi-lo. Resta apenas a sua voz jovem, quando ainda não nos tinha. Ele resiste ao tempo nessa toada independente e livre. A voz de pai foi-se com as chamas. Sei que continuar me obriga a fechar o seu livro e este livro. Mas calá-lo, deixá-lo ir, é cortar a linha que me liga a Joaquim, linha escrita daqui até esse outro lado onde o seu livro paira, eterno projecto. Podia escrever para sempre este livro, mas seria o mesmo que deixar o meu pai morrer para sempre. Para que ele ressuscite, é preciso que a sua voz cesse. É preciso que cesse o meu egoísmo de querer ouvi-lo para sempre.

Gostava de mostrar ao meu pai
A água verde-negra do lago
O cacau em pó sobre o cappuccino
As variedades de espargos na mercearia
Os Miseráveis, de Boris Mikhailov
O meu novo corte de cabelo
A placidez dos fins de tarde em minha casa
Chocolate de framboesa
As cartas de C. Fausto Cabrera a Alec Soth

Não conheci Joaquim. Passámos anos a conversar, mas nunca soube quem ele era. O desconhecimento adensa-se assim que olho fundo as poucas fotografias suas que me restam e sempre que perscruto o seu olhar nessas imagens. Mesmo quando é ainda criança, o menino com que deparo é um mistério intransponível. Toda a vida não vi de Joaquim senão esse menino desconhecido, cujas emoções e pensamentos nunca penetrei. O tempo passa e vamo-nos parecendo. Quanto mais parecida com ele me reconheço, mais o desconheço.

Tenho diante de mim, à janela, uma árvore que conheço há dois meses e meio. Conhecemo-nos em pleno inverno, começou agora a primavera. A árvore cumpre os seus ciclos, estava nua e, desde há duas semanas, despontam dos seus ramos pequenas formações parecidas com pequeninas pinhas verdes, das quais brotarão flores daqui a poucos dias. Vejo a árvore viver, abanar ao vento, quase nos fala. Operam nos seus vasos segredos, mesmo quando me parecia morta, coberta de gelo, inerte. Diante da árvore, estou na mais plena ignorância, diante da sua vida. Chego atrasada às suas notícias, que não entendo. Recebo-as na ignorância que a árvore instala em redor, fazendo de mim, beneficiária dos seus dons, a mais simplória das criaturas.

Procuro na cara do meu pai em menino vestígios de quem veio a ser. Tudo nele me é segredo quanto ao que dele conheci, ainda que me reconheça nos seus esgares, no ar palerma e alegre que eu tinha na mesma idade.

Sonho que discuto com o meu pai, que lhe digo coisas que não cheguei a dizer, e que ele corta relações comigo porque eu as disse. Em alguns dos sonhos, berramos um com o outro ou, então, afasta-nos o silêncio mais sério e duro. Noutros, ele abandona-me, eu sou-lhe absolutamente indiferente.

Coisas que gostava de ter feito com o meu pai
Ouvir jazz no Washington Square Park
Subir o rio Nilo
Ir ao Japão
Sentar-me numa esplanada numa cidade longínqua a
ver as pessoas a passar
Apanhar flores
Pescar no gelo
Falar numa língua estrangeira
Visitar um cemitério mexicano
Cozinharmos juntos uma refeição especial
Ler-lhe o poema *Amor*, de Czesław Miłosz
Andar de barco à vela
Quantas pessoas estamos a ver morrer sem o sabermos?
Cada minuto é uma forma de vida
Consigo vê-los num lago nadam
Girinos
na gota de orvalho, na extremidade do ramo da árvore
no pico do cacto que me picou o dedo
no pingo no nariz da mulher loura
na faixa de luz da manhã sobre o tampo da mesa
na corrida do gato vadio tentando entrar no prédio à socapa
no vozeado indistinto das crianças, no recreio da escola
no tocar dos sinos da igreja
no corvo pousado no ramo a olhar-me directo

    na mulher que dorme na casa em frente

    através da janela, que deixara aberta, observei-a ao longo de uma manhã inteira. Nunca tinha visto uma pessoa que não conheço dormir, no seu quarto, durante tanto tempo. Talvez só numa cidade onde as pessoas dormem de estores abertos isto seja possível. Ver uma mulher dormir e, depois, vê-la acordar. Mexer-se na cama, abrir e fechar a boca. Arrepiar-se. Espreguiçar-se. Por minutos, abria os olhos — e dormia de olhos abertos. Logo, fechava-os, virava-se, lançava os braços para cima da cabeça ou abria-os ao comprimento do corpo.

    O mundo estava à espera de que a mulher acordasse e não apenas eu. Foi como assistir ao começo da vida, ao começo de uma história. A mulher tinha longos cabelos castanhos, por momentos tapavam-lhe o rosto, se dormia de barriga para baixo. A luz cambiando, as horas passam, o quarto vai de branco-frio a dourado-mel. Fumo cigarros, bebo duas chávenas de café. A mulher não se levanta. Abre e fecha os braços. Quase treme. *Sonhará com quê?*

    O cabelo da mulher sobre a almofada, o seu despertar, que testemunho, ao longo de uma manhã, sentindo-me testemunhar uma ressurreição. Agora, a dor da morte mistura-se com as coisas à minha volta e ganha o aspecto dessas coisas, ele mistura-se com a vida e faz-se vida, ouço-o, vejo-o

    nas palavras envergonhadas da menina que vende *muffins*

    na antipatia da empregada do café que só fala alemão

    na graça espertalhona do caixa argelino do supermercado

    nas orelhas contentes do fox terrier branco

    na jarra de tulipas. No primeiro dia, estavam fechadas, em botão. No segundo abriram, espevitadas, as folhas carmim, pespontadas a amarelo. No terceiro, escasseando a água, as pétalas amoleceram e ficaram a dormir de boca aberta, pasmadas, o carmim misturou-se com o amarelo, à medida que os dias passaram, e tornaram-se alaranjadas, ao quarto dia, algumas folhas perderam a força.

Um trilho no qual apanho flores. Inclino-me para apanhar uma margarida e ela morde-me a mão. O luto — flores com dentes. Joaquim é agora o mundo.

Sonhei com Joaquim. Comemorávamos a publicação de um texto seu num jornal. Era a primeira de um conjunto de publicações que, no sonho, estava planeado e se seguiria. O meu pai estava morto e era a partir do mundo dos mortos que dera início à publicação das suas obras completas. No sonho, o meu pai era mudo.

Passaram quinze primaveras desde as tardes a escrever a palavra *fémur*
Agora, sonho pintar os meus pesadelos
O homem muito feio
O gato diabo
A mulher de vento que chega perto do meu corpo, na cama,
e sopra ao meu ouvido tenho o traço de uma criança de dez anos
na montra da loja, a gravura de um fémur
o vale repousa redondo e brando
A algibeira do garimpeiro leva uma fita de veludo grená
Um dente
Um novelinho de cotão
Duas moedas de prata
Uma castanha
Uma migalha de pão
Um pedaço de jornal
Um alfinete-de-ama
Um prego
Um cinzel
Uma pepita de ouro
Uma navalha
Uma joaninha
Uma medalinha com a imagem de uma árvore e
À sombra do ácer, sentada à mesa azul

    eu e os meus dedos   ais meus segredos pássaros vagas   uma rola aterra no ramo da amoreira é tão grande que se desequilibra

    Só eu posso sonhar o meu sonho

    e não posso decidir o que sonho. A sonhadora sou eu, mas o sonho é que manda

"Não, o teu pai não chegou a escrever nada", apesar de me ter dito que escrevera muito. "Então, mentiu-me." "Sim." Mentiu-me. Disse-me que tinha escrito muito. Que escrevia de madrugada. Pediu-me ajuda para tratar dos textos. "Não há nada." Não há livro inacabado, se por livro se entenderem páginas escritas, frases, parágrafos. "Ele dizia que tinha o livro todo na cabeça, o best-seller", ouço ao telefone, na manhã chuvosa.

Origem das imagens: arquivo da autora, excepto *Portrait of Mariana de Silva y Sarmiento*, duquesa de Huéscar (1740-94), Anton Raphael Mengs; Fayum Portraits: Met Museum; e fotocópias de imagens do Hospital Miguel Bombarda, José Fontes, *Hospital Miguel Bombarda — 1968*, organização de António Fernando Cascais e Margarida Medeiros (Lisboa: Documenta, 2016).

Alguns leitores reconhecerão momentos deste livro: era aqui que pertenciam.

Esta edição foi apoiada pela DGLAB — Direção-Geral
do Livro, dos Arquivos e das Bibliotecas, Portugal.

© Djaimilia Pereira de Almeida, 2025

Todos os direitos desta edição reservados à Todavia.

Respeitou-se aqui a grafia usada na edição original.

capa
Luciana Facchini
ilustração da capa
Catarina Bessell
preparação
Ana Alvares
revisão
Tomoe Moroizumi
Fadua Matuck

Dados Internacionais de Catalogação na Publicação (CIP)

Almeida, Djaimilia Pereira de (1982-)
O livro do meu pai / Djaimilia Pereira de Almeida.
— 1. ed. — São Paulo : Todavia, 2025.

Título original: O livro da doença
ISBN 978-65-5692-802-9

1. Literatura angolona. 2. Literatura portuguesa.
3. Autoficção. 4. Pais e filhos. I. Título.

CDD 864

Índice para catálogo sistemático:
869.3 Literatura portuguesa : Romance

Bruna Heller — Bibliotecária — CRB 10/2348

todavia
Rua Luís Anhaia, 44
05433.020 São Paulo SP
T. 55 11 3094 0500
www.todavialivros.com.br

fonte
Register*
papel
Pólen natural 80 g/m²
impressão
Geográfica